Kopfgefühl und Bauchzerbrechen

Colette Victor

Kopfgefühl & Bauchzerbrechen

Aus dem Englischen von Ilse Rothfuss

CHICKEN
HOUSE

Für meine Töchter Juliet und Stella, Kristen und Jessie

Kapitel 1

Ich liege unter dem Hortensienbusch ganz hinten in unserem Garten. Mein Vater hat heute Morgen den Rasen gemäht und es riecht verheißungsvoll nach frisch gemähtem Gras und Sommerferien – nach den schönen, faulen Sommernachmittagen, die nicht mehr weit sind. Die riesigen Blätter hängen über mich herunter und beschirmen mich vor Mums Augen und der knalligen Sonne. Von hier aus kann ich meine alte Schaukel und einen Teil der Veranda sehen und das kleine gelb-violette Hornveilchen auf dem Fenstersims in der Küche. Dort summen jetzt jede Menge Bienen herum, das weiß ich, obwohl ich sie von hier aus natürlich nicht sehen kann.

Ich bin schon als kleines Mädchen hierhergekommen, wenn ich ein Versteck gebraucht habe. Einmal habe ich im Haus drinnen mit einem Tennisball gespielt und die Lieblingsvase meiner Mum zerbrochen – sie hatte sie von meiner Tante zur Hochzeit bekommen. Ich war erst fünf, aber ich wusste, dass ich einen Riesenärger bekommen würde, da bin ich schnell rausgerannt und habe mich unter dem Hortensienbusch versteckt. Was mir allerdings nichts nützte. Ich wurde trotzdem auf mein

Zimmer geschickt, um darüber nachzudenken, »was ich angestellt habe«. Ich hasse das, *darüber nachdenken, was ich angestellt habe.* Ich habe es damals schon gehasst und jetzt hasse ich es erst recht. Aber wenigstens habe ich diesen Platz gefunden – meinen Geheimplatz.

Dorthin gehe ich, wenn ich nachdenken muss. Nicht über irgendwelchen Alltagskram, wie Hausaufgaben oder Freunde oder wenn Mum an mir herumnörgelt – dafür reichen Busfahren oder Zimmeraufräumen oder sonst eine Arbeit, die ich gerade mache. Nein, mein Geheimplatz ist für die großen Probleme reserviert. Für die ganz, ganz ernsten.

Ich rupfe einen Grashalm aus. Der innere Teil, der in eine zweite Schicht gehüllt ist, schimmert gelblich. Ich knabbere daran, weil ich weiß, dass er weich und süß ist. Und beim Kauen denke ich nach. Ich frage mich, warum andere Leute ein so friedliches Leben haben, das wie ein großer, breiter Fluss dahinströmt. Mein Leben ist mit Stromschnellen und Wasserfällen, Krokodilen und Haien gespickt. Okay, ich weiß, Haie schwimmen nicht wirklich in Flüssen herum, aber genau so fühlt es sich an – als wäre ich überall von schwimmenden Hindernissen umgeben und müsste mein Leben lang aufpassen, dass ich irgendwie daran vorbeikomme.

Und hier mein Haiproblem Nr. 1:

Heute ist Kellys Geburtstagsparty. Kelly ist zu Beginn des Schuljahrs hierher gezogen, und sie ist die erste richtige Freundin, die ich je hatte. Sie ist anders als die anderen Mädchen. Sie ist klug, sagt, was sie denkt, und steht nicht auf Schminke und Klamotten und diesen ganzen Kram. Kelly interessiert sich mehr für die wichtigen Dinge im Leben – zum Beispiel, dass man zu seinen Ansichten stehen und sich wehren muss, wenn man gemobbt wird. Sie ist genauso dünn wie ich und sie trägt auch einen Pferdeschwanz, aber ihre Haare sind blond und nicht braun wie meine.

Doch zurück zu meinem Haiproblem: Kelly hat die ganze Klasse zu einer Grillparty im Park eingeladen. Mich natürlich auch und ich würde ja so gerne hingehen, aber ich kann nicht.

Denn gleichzeitig – also wirklich genau zur gleichen Zeit (nicht gestern, nicht letzte Woche, nicht morgen, sondern ausgerechnet heute) – soll ich mit meiner Mum und der ganzen weiblichen Verwandtschaft shoppen gehen und ein Kleid für die Hochzeit meiner Cousine kaufen.

Und damit sind wir bei meinem Haiproblem Nr. 2:

Meine Mum will mir ein Kopftuch kaufen.

Ehrlich gesagt, habe ich keine Ahnung, ob ich eins tragen will oder nicht. Ich habe noch nie darüber nachgedacht. Aber gestern habe ich zum ersten Mal meine Periode bekommen, was mich irgendwie offiziell zu einer Frau macht, jedenfalls in Mums Augen. Als ich es ihr gesagt habe, hat sie losgekreischt und mich umarmt und dann ist sie zum Telefon gestürzt und hat alle angerufen, die in ihrem Adressbuch stehen. Ich bin fast in Ohnmacht gefallen, so peinlich war es mir. Ich weiß nicht, was sie sich denkt – als hätte ich an einem einzigen Tag den Nobelpreis bekommen und den ganzen Ärmelkanal schwimmend überquert. Mum bringt es fertig, aus etwas rein Biologischem eine persönliche Heldentat zu machen. Dabei ist doch nur mein Körper in eine neue Lebensphase übergegangen.

Als sie sich endlich vom Telefon loseisen konnte, fiel ihr wieder ein, dass ich ganz alleine auf der Veranda saß. Sie kam zu mir heraus und bot mir ein Glas Tee an.

»Wenn wir morgen einkaufen gehen«, sagte sie, »dann möchte ich, dass du ... also du darfst dir dein erstes Kopftuch aussuchen ...«

Ist es da ein Wunder, wenn ich von Wasserfällen und Stromschnellen und Haien und Krokodilen in meinem Leben rede?

Ich lasse meinen zerkauten Grashalm fallen und reiße einen frischen aus. Seufzend stecke ich ihn in den Mund. Ich habe keinen blassen Schimmer, was ich tun soll.

Hochzeiten sind ein Riesen-Event bei uns. Und wenn ich riesig sage, meine ich riesig. Okay, Hochzeiten sind in allen Kulturen was Großes, aber bei uns ist es einfach gigantisch, ein Ereignis, das alles andere überschattet und in totaler Bedeutungslosigkeit versinken lässt. Ich war schon auf Hochzeiten mit über tausend Gästen – obwohl doch kein Mensch auf der Welt tausend Leute kennt. Im Prinzip läuft es so: Jeder, der dir mal auf der Straße begegnet ist – und es muss nicht mal unbedingt dieselbe Seite der Straße sein –, hat das Recht, auf deiner Hochzeit zu erscheinen.

Die Familie spart jahrelang dafür. Sie gehen nicht in Urlaub, fahren in verbeulten alten Klapperkisten herum und nehmen Kredite bei der Bank auf. Und wofür geben sie das ganze Geld aus? Gemietete Limousinen, Mammutpartys mit Bergen von tollem Essen, Kleider, die vor Glitzer und Glimmer nur so strotzen. Aber nicht nur die Braut muss glitzern und glimmern, sondern die ganze Familie. Leider stehe ich nicht auf Glitzerkram und schon gar nicht auf Shoppingtouren mit Scharen von Tanten und Cousinen im Schlepptau. Aber selbst mir ist klar, dass ich auf einer Familienhochzeit nicht in meiner Lieblingsjeans aufkreuzen kann. Schon deshalb nicht, weil Mum auf der Stelle einen Herzinfarkt bekommen würde.

Ich weiß seit einer Ewigkeit, dass Kelly eine Grillparty macht, aber ich habe meinen Eltern erst gar nichts davon erzählt. Die Shoppingtour war bereits geplant. Das wäre so, als würde ich zu meiner Mum gehen und ihr sagen, dass ich zu Hause bleiben und Fliegen totschlagen will, statt einkaufen zu gehen – in ihrer Welt zählt so was einfach nicht. Die Geburtstagsparty einer Freundin, lächerlich.

Aber ich kann doch nicht als Einzige von Kellys Party wegbleiben. Noch dazu, wo sie meine beste Freundin ist. Was soll ich ihr bloß am Montag sagen? *Tut mir leid, ich musste shoppen gehen.* Das würde sie nie verstehen.

»Zeyneb? Wo bist du?«

Ich spähe hinter den Hortensienblättern hervor. Meine Mum steht auf der Veranda und wringt das Geschirrtuch aus, das sie immer mit sich herumschleppt. Sie trägt ihre alte grüne Schürze mit den kleinen weißen Blüten über einem knöchellangen dunkelblauen Kleid. Außerdem hat sie schwarze Strümpfe an und ihre grässlichen festen Schuhe (praktisch, nennt sie die), dazu ein braunes Kopftuch mit braunen Blümchen.

»Zey-nee-e-heb!« Es ist unglaublich, wie viele Silben sie aus meinem Namen herausholt.

»Ich komm ja schon, *Anne*«, seufze ich und krieche unter meinem Strauch hervor. (*Anne* ist unser Wort für »Mum«, und es wird nicht wie der englische Mädchenname Anne ausgesprochen, sondern mit einem »A« am Anfang und einem »e« am Ende.)

»Was machst du eigentlich den lieben langen Tag unter dieser Pflanze?«, sagt sie, während ich langsam zur Veranda komme.

Ich senke den Kopf und verdrehe die Augen – sie darf es nicht sehen, sonst zieht sie mir die Ohren lang.

»Und hab ich dir nicht gesagt, dass wir in dreißig Minuten losgehen? Ach, du liebe Güte, wie siehst du denn wieder aus?« Sie zupft mir ein paar Grashalme von meinem T-Shirt.

Ich stoße ihre Hand weg. »Lass das, *Anne*.«

»Du bist genau wie dein Vater«, sagt sie kopfschüttelnd. »Immer wenn du hier reinkommst, bringst du den halben Garten mit. So, und jetzt geh rauf und zieh dir was Anständiges an. Wir müssen in zehn Minuten bei deiner Tante sein.«

»Aber, *Anne*, ich will doch gar nicht ...« Ich verstumme. Ich weiß einfach nicht, wie ich es ihr sagen soll. *Ich will doch gar nicht mitkommen.*

Ohne Vorwarnung streichelt sie meine Wange. Ihre strengen braunen Augen werden weich. »Heute ist ein großer Tag, *kizim*«, sagt sie. *Kizim* – mein Mädchen. »Wir kaufen dir dein erstes Kopftuch, oder hast du das vergessen?«

»Aber, *Anne* ...«, fange ich wieder an und nage an meiner Unterlippe.

»Irgendwann musst du erwachsen werden, Zeyneb, sogar dein Körper sagt es dir.« Mit einer schwungvollen Geste zeichnet sie meine Umrisse nach. »Du bist kein kleines Mädchen mehr. Du bist jetzt eine junge Frau.«

»*Anne*, bitte ...«

»Und ich finde, die Hochzeit deiner Cousine ist eine gute Gelegenheit, dich zum ersten Mal mit Kopftuch zu zeigen.«

Ihre Wangen glänzen richtig und ihre Augen leuchten. Ich weiß nicht, ob ich sie jemals so glücklich gesehen habe.

»Aber ich weiß doch gar nicht, ob ich ...« Wieder verstumme ich. Mums Mundwinkel gehen nach unten und ihr Blick begegnet meinem – beinahe flehend schaut sie mich an. »Ich ... ich hab mich doch noch gar nicht entschieden ...«, sage ich lahm.

»Aber du wirst doch hoffentlich wissen, was sich für ein gutes muslimisches Mädchen gehört?« Mum hört auf mir die Wange zu streicheln und wringt wieder ihr Geschirrtuch aus.

Ich nicke, obwohl ich überhaupt nicht einverstanden bin. Ich kenne massenhaft gute muslimische Mädchen, die keine Kopftücher tragen, und jede Menge Heuchlerinnen, die es tun. Das würde ich ihr gerne sagen – aber ich halte natürlich den Mund.

Mum seufzt, als ich beharrlich schweige. »Zeyneb, du bist ein kluges Mädchen und ich sehe, dass du darüber nachgedacht hast. Ich meine nur ... es wäre so schön, wenn du dir heute ein hübsches Kopftuch aussuchen würdest.«

Genau in diesem Moment schießt mir ein Bild durch den Kopf. Kellys Geburtstagsgeschenk, das eingewickelt in einer Ecke in meinem Kleiderschrank liegt – das neue Buch von dem Autor, den sie so toll findet. Ich habe es mit dem Geld gekauft, das ich an *Bayram*, dem Zuckerfest, bekommen habe, mit dem wir das Ende des Fastenmonats feiern.

Was soll ich nur tun? Eine von beiden muss ich anlügen, das ist mir jetzt klar.

Mein Telefon rettet mich. Der coole neue Klingelton, den ich mir gestern Abend heruntergeladen habe, kommt aus meiner Jeanstasche. Ich nehme das Handy heraus und werfe einen Blick darauf.

Es ist eine SMS von Kelly, und obwohl sie nur zwei Wörter geschrieben hat, schlägt mir das Herz praktisch bis zum Hals. *ALEX KOMMT!*

Alex – o mein Gott!

Und das ist mein Haiproblem Nr. 3 ...

»Zeyneb«, sagt Mum ärgerlich, »leg bitte das Ding weg, wenn ich mit dir rede.«

Ich schaue zu ihr auf. Sei immer höflich und freundlich zu deinen Eltern – das wurde mir von klein auf beigebracht. Und Kellys SMS erleichtert mir die Entscheidung. *Aber ich kann doch Anne nicht anlügen.*

Ich finde meinen Vater auf einem halb leeren Kompostsack im Gartenschuppen, wo er mit zwei Tabletts und Setzlingen herumhantiert. Ein kleines braunes Blatt klebt in seinem Haar, seine Schuhe sind voller Erde, zwei Zweige hängen an seinem Pulli und ein Marienkäfer krabbelt ihm über die Schulter. *Anne hat Recht*, er kommt nie ins Haus, ohne ein bisschen was von draußen mit reinzubringen. Er arbeitet jeden Tag in der Autofabrik, aber tief im Herzen ist er ein Gärtner. Wenn er nach Hause kommt, schlingt er ein Stück von Mums *pide* hinunter – ein türkisches Fladenbrot –, trinkt ein Glas Tee und marschiert schnurstracks wieder zur Tür hinaus, zu seiner Gartenparzelle.

Wenn ich nicht allzu viele Hausaufgaben habe, begleite ich ihn. Ich springe dann auf mein Rad und fahre langsam neben ihm her, während er mit langen, geduldigen Schritten die Straße entlanggeht. Ich plappere die ganze Zeit, erzähle ihm, was alles in der Schule los ist. Dad sagt nichts dazu, sondern geht einfach weiter – aber später, wenn wir neben den Auberginen knien und unsere Fingernägel schwarz von Gartenerde sind, sagt er etwas auf seine ruhige Art und ich weiß, dass er jedes Wort gehört hat.

Jetzt, im Schuppen, sagt er: »Hast du schon mit Mrs Berger gesprochen? Hast du ihr gesagt, wie dieser Junge mit dir geredet hat? Du weißt doch, dass so etwas auf Gegenseitigkeit beruht. Ein Junge muss auch Respekt vor einem Mädchen zeigen.«

Ich nicke und beiße mir auf die Lippen. Es tut mir schon fast leid, dass ich ihm von der dummen Bemerkung erzählt habe, die David neulich in der Klasse gemacht hat. Die Dinge sind nicht immer so einfach, wie er glaubt – auch wenn ich mir oft genug wünsche, dass es so wäre.

Dad fährt fort: »In der Schule lernst du nicht nur Buchwissen, *kizim* ...«

»Ja, ja, *Baba*, du hast ja Recht.« Ich lächle, weil ich genau weiß, was jetzt kommt.

»So ist es nun mal auf der Welt. Und so sind die Leute hier in diesem Land.« Mein *Baba* gibt immer solche Weisheiten von sich. Er hockt sich auf die Fersen zurück und schaut zu mir auf. »Die hier hab ich von Ali im Garten unten«, sagt er und hält einen Setzling in einem Topf hoch. »Eine neue Sorte von gelben Chilis, die wir noch nicht hatten.«

Ich zwinge mich, einen Blick auf die gelbe Chilipflanze zu werfen, aber ich kann die ganze Zeit nur an Kellys Geschenk und ihre SMS denken. Ich werde sie nicht enttäuschen, so viel steht fest.

»*Baba*, ich muss mit dir reden«, sage ich.

»Was ist denn?«

»Ich kann heute nicht mit *Anne* Kleider kaufen gehen.« Da, jetzt ist es raus.

Baba runzelt die Stirn und sein Knie rutscht von dem Kompostsack herunter. Er stützt sich mit einer Hand am Boden ab und sagt: »Na hör mal, Zeyneb. Dieser Einkaufsnachmittag war doch schon so lange geplant.«

»Nein, im Ernst – ich kann nicht. Und ich habe einen guten Grund dafür.«

Mein Dad kommt auf die Füße und nimmt meine rechte Hand in seine beiden Hände. Die dunkle, feuchte Erde färbt auf meine Finger ab. »*Kizim*, wir müssen alle manchmal Dinge tun, die uns nicht gefallen. Das nennt man erwachsen werden. Außerdem bedeutet dieser Nachmittag deiner Mutter unendlich viel.«

»Aber, *Baba*, ich habe morgen einen Französischtest.«

»Einen Französischtest? Und das fällt dir erst jetzt ein?«

»Kelly hat mir vor ein paar Minuten eine SMS geschickt. Sie hat gefragt, ob ich rüberkommen und mit ihr lernen kann. Sonst hätte ich es total vergessen. Willst du die SMS sehen?«

Das ist nicht riskant, denn ich weiß, dass mein Dad niemals meine Nachrichten lesen würde.

Er schüttelt den Kopf und lässt meine Hand los, dann beugt er sich hinunter und hantiert wieder an den Setzlingen herum. Er denkt nach.

»Der Test ist echt wichtig, *Baba*«, lüge ich schamlos weiter. »Er zählt fünfzig Prozent bei unseren Jahresnoten. Es geht um … um die Konjugation von Verben.«

»Kannst du nicht später dafür lernen?«, fragt er und topft behutsam einen anderen Setzling um. »Du kannst doch mit dem Bus nach Hause fahren, wenn ihr das Kleid gekauft habt, und dann gleich lernen.«

»Ich brauche aber mehr Zeit, Baba. Sonst verhaue ich den Test.«

Er seufzt, ein schwerer, tiefer Seufzer, als müsse er den ganzen Kummer, den ich ihm mache, aus sich herauspressen. »Also gut. Hol deine Bücher und geh zu Kelly rüber. Ich spreche mit deiner Mum.«

Ja!! Ich wusste doch, dass ich *Baba* leichter rumkriege als meine Mum.

Am liebsten würde ich mich in seine Arme werfen und ihm einen dicken Kuss auf die Stirn pflanzen – aber das wäre ein bisschen übertrieben, nur wegen eines Französischtests, und ich begnüge mich mit einem strahlenden Lächeln. »Danke, *Baba*.«

»Aber du musst das bei deiner Mutter wiedergutmachen, ja?«

»Ich weiß«, sage ich über die Schulter, während ich praktisch zum Haus zurückhüpfe. »Sie kann ein Kleid für mich aussuchen. Ein blaues.«

»Geh und sprich selber mit ihr, Zeyneb«, ruft er mir streng hinterher, aber ich stelle mich taub.

In meinem Schlafzimmer oben schnappe ich mir Kellys Geschenk aus dem Schrank, löse mein Haar aus dem Pferdeschwanz und schüttle es aus. Dann nehme ich die Wimperntusche aus ihrem Versteck in einer Schublade und stecke sie in meine Jeanstasche.

Ich habe es geschafft. Ich bin damit durchgekommen. Obwohl ich ein mulmiges Gefühl dabei habe. Irgendwie wäre es mir fast lieber, er hätte meine Lüge nicht geschluckt.

Aber ich ignoriere dieses Gefühl, verbanne es in den hintersten Winkel meiner Seele und texte Kelly: *BIN IN 10 MINUTEN DA.*

Kapitel 2

Wir sind in dem Park gegenüber von Kellys Apartmentblock – dort findet die Grillparty statt. Ich habe mir die ganzen zehn Minuten lang die Beine abgestrampelt, um rechtzeitig hinzukommen und Kelly beim Aufbauen zu helfen. Ihre Mum war eine Weile da, aber dann ist sie in die Wohnung zurückgegangen. »Ihr wollt ja sicher keine Erwachsenen dabeihaben«, hat sie gesagt. Wie cool ist das denn? Jetzt sind wir beide ganz allein.

Der Park ist groß, mit einer Art Senke in der Mitte und einem Kinderspielplatz. Aber dort gehen Kelly und ich nur selten hin. Unser Lieblingsplatz ist hier, wo wir jetzt sind, bei den beiden alten Kastanienbäumen. Die Äste breiten sich aus wie riesige schützende Arme und unter einem davon steht eine Bank. Dort sitze ich meistens mit Kelly, wenn ich sie besuche. Wir sind fast immer draußen, sogar wenn es kalt ist – in dieser Hinsicht bin ich wie mein Dad. Stundenlang sitzen wir manchmal hier, lachen und blödeln herum und reden über unsere Probleme. Hier habe ich Kelly auch von meinen Gefühlen für Alex erzählt, Gefühle, die ich nicht haben dürfte. Aber ich glaube nicht, dass sie das wirklich versteht. Für Kelly ist das einfach: In ihrer Welt kann jeder fühlen, was er will.

Wir sind mit den Vorbereitungen für die Grillparty fertig und warten darauf, dass die anderen aufkreuzen. Zwei lange Plastiktische mit Gartenstühlen stehen bereit und die Tische sind mit bunten Papiertellern, Plastikbesteck, Servietten und Papierbechern gedeckt. Die Sonne brennt herunter, aber die Tische stehen schön im Schatten unter den Bäumen. Ein paar weiße Blüten sind in dem langen Gras verstreut und für mich gibt es keinen schöneren Platz in der ganzen Stadt. Ich möchte nirgendwo anders sein.

Obwohl ich genau weiß, dass das hier der einzige Ort ist, wo ich momentan auf keinen Fall sein dürfte. Wo meine Eltern mich niemals vermuten würden. *Ach, vergiss es einfach und genieße die Party!*, sage ich mir. Aber irgendwie kann ich das nicht.

»Es sieht wunderschön aus«, sage ich zu Kelly.

»Und Alex? Meinst du, ihm gefällt es auch?«, fragt sie kichernd und wirft mir einen vielsagenden Blick zu.

Warum sagt sie das ausgerechnet jetzt, wo ich sowieso schon die totalen Gewissensbisse habe? Ich packe sie und verdrehe ihr den Oberarm.

»Hey!« Kelly lacht, springt weg und schlägt nach mir, bis ich schließlich auch lache.

Ein Stück weiter weg stehen die beiden Grills mit der säuberlich aufgeschichteten Holzkohle bereit. Als ich noch kleiner war, hat *Anne* mir immer eingebläut, nur ja gut aufzupassen, dass ich kein Schweinefleisch in nicht-muslimischen Häusern vorgesetzt bekomme. »Sag ihnen einfach, dass du Vegetarierin bist«, ermahnte sie mich wie üblich, als ich zum ersten Mal bei Kelly zu Hause war.

Aber Annelies, Kellys Mum, wollte nichts davon hören. »Mir würde es im Traum nicht einfallen, Zeyneb Schweinefleisch zu geben«, sagte sie, als *Anne* herkam, um mich abzuholen (und auszuspionieren, ob meine neue beste Freundin ein gutes Mädchen war oder ob sie mich womöglich auf einen schlechten Weg bringen würde).

»Ich will Ihnen aber keine Mühe machen«, murmelte meine Mum, aber sie konnte sich schlecht aus der Affäre ziehen, ohne unhöflich zu sein, und so gab sie widerstrebend nach. Seit diesem Tag darf ich bei Kelly zu Hause Fleisch essen. Aber nur bei Kelly, versteht sich. Überall sonst muss ich immer noch sagen, dass ich Vegetarierin bin. Ich habe inzwischen so viel Kartoffeln und Gemüse gegessen, dass es für mein ganzes restliches Leben reicht.

Deshalb gibt es auch zwei Grills hier: einen muslimischen und einen nicht-muslimischen. Ich weiß, das klingt ziemlich übertrieben, aber so bin ich nun mal erzogen – und schließlich essen viele Leute keine Froschschenkel oder Schnecken und darüber regt sich niemand auf. Wenigstens *ein* Versprechen, das ich *Anne* gegenüber halte, denke ich. Prompt kehren meine Gewissensbisse zurück und ich frage mich, ob Mum schon ein Kleid für mich gefunden hat ... Nein, ich will nicht darüber nachdenken.

Genieße die Party, Zeyneb. Du wolltest doch unbedingt herkommen.

»Soll ich mal das Feuer anzünden?«, frage ich, um das Thema zu wechseln. »Oder sollen wir warten und einen von den Jungs bitten?«

»Was Jungs können, können Mädchen schon lange«, verkündet Kelly. Das ist ihr Credo und manchmal wünsche ich mir, ich könnte auch so denken.

»Der Anzünder ist dort drüben in dem Korb.«

Zwanzig Minuten später werden beide Holzkohlestapel von halbherzigen Flammen angeleckt und ich versuche das Feuer mit dem Deckel einer Kühlbox ein bisschen stärker anzufachen. Inzwischen sind auch ein paar von den anderen eingetrudelt – David, Julie, Christine und ...

»Zeyneb!«, zischt Kelly hinter mir. »Er ist da.«

Ich weiß genau, wen sie meint. In heller Panik wirble ich zu ihr herum. Kelly starrt mich an und ihre Augen weiten sich.

»O nein ...«, stößt sie hervor. Die Plastiktasse mit Fanta, die sie in der Hand hält, erstarrt mitten in der Luft.

»Was ist denn?«, frage ich und blicke wild um mich. »Wo ist er? Was soll ich jetzt tun?«

»Zeyneb!«, presst Kelly hervor. »Dein Gesicht!«

»Was ist mit meinem Gesicht?«

»Du hast dich total mit Holzkohle vollgeschmiert. Wasch es ab, schnell.«

»Wie soll ich das denn jetzt abwaschen?« Ich bin kurz vor dem Durchdrehen. »Hier gibt es doch nirgends Wasser.«

Kelly stürzt zu dem Korb mit den Vorräten und ich reibe an meinem Gesicht herum, bis ich merke, dass meine Hände jetzt auch schwarz sind. Verzweifelt beuge ich mich hinunter und wische meine Finger im Gras ab. Dann kommt Kelly zurück, mit einer Papierserviette und einer Flasche Wasser.

»Hier, versuch's mal damit.« Sie grinst, was ich ihr nicht übelnehmen kann.

»Danke«, sage ich, aber ich sehe, dass bereits etwas anderes ihre Aufmerksamkeit erregt hat. Etwas hinter meiner rechten Schulter.

»Hi, Kelly«, ertönt eine Stimme hinter mir. »Hi, Zeyneb ...«

Ich wage nicht, mich umzudrehen. »Hi, Alex«, sage ich. Es soll beiläufig klingen, geht aber voll daneben. Kelly hat das Grinsen von ihrem Gesicht gewischt, aber ihre Augen funkeln.

»Alles Gute zum Geburtstag«, sagt er.

»Danke«, antworte ich und jetzt ist es mit Kellys Beherrschung endgültig vorbei.

»Ich glaube, er meint mich, Dummi.«

Sie platzt fast vor Lachen und er auch.

Ich würde am liebsten im Erdboden versinken.

Das ist ja noch schlimmer als meine *Anne* gestern, die unbedingt der ganzen Welt verkünden musste, dass ich meine erste Periode bekommen habe. Ich spüre, wie mir die Hitze ins Gesicht schießt, vom Hals aufwärts, und ich kneife die Augen zu. Wenn ich sie geschlossen halte, geht Alex vielleicht weg und kommt erst später wieder zurück, damit wir noch mal von vorne anfangen können?

Aber keine Chance. Da muss ich jetzt durch.

Ich drehe mich zu ihm um und will etwas zu meiner Verteidigung sagen, aber erst mal bleibt mir die Spucke weg, als mein Blick auf DIESES GESICHT fällt: pechschwarzes Haar, mit einem schrägen Pony, der ihm über sein linkes Auge fällt ... ein Grübchen in seiner rechten Wange ... glatte olivfarbene Haut ... ein breites Grinsen ... Augen mit Lachfältchen an der Seite ... Er sieht so selbstbewusst aus. Ich hasse das an ihm, aber gleichzeitig liebe ich es auch. Er lacht über mich. Zum zweiten Mal in weniger als einer Minute.

Mein Mund steht offen, weil ich etwas sagen will, aber ich bringe keinen Ton heraus. Ich bin starr vor *Staunen und Ehrfurcht*. Total überwältigt, so wie jedes Mal in den letzten paar Wochen, wenn ich in DIESES GESICHT geschaut habe. Weiß auch nicht, warum das passiert ist. Weiß nicht mal genau, wann. Schließlich ist er schon zwei Jahre in meiner Klasse und vorher ist er mir nie aufgefallen, jedenfalls nicht auf diese Weise. Also warum dann jetzt? Kelly sagt, das nennt man »sich verlieben«. Ich traue mich nicht, es überhaupt irgendwie zu benennen. Ich bin die Tochter von *Anne* und *Baba*, ein gutes muslimisches Mädchen. Ich weiß genau, wie gefährlich ein Wort wie Liebe sein kann.

»Hey, Zeyneb«, sagt er und beugt sich zu mir vor. »Hat dir noch niemand gesagt, dass Wimperntusche auf die Augen gehört und nicht ins ganze Gesicht?«

Mir fällt keine Retourkutsche ein. Ich kann ihn nur anstarren und schnappe nach Luft wie ein Goldfisch.

Aber Kelly springt für mich ein. Ihr Arm schießt vor und sie boxt ihn spielerisch gegen die Schulter. »Statt blöde Kommentare abzugeben, kannst du dich besser mal nützlich machen«, sagt sie und blinzelt mir zu.

»Autsch«, jammert er. »Das hat wehgetan.«

Der Bann ist gebrochen und ich gehe mit langen, energischen Schritten weg, die Serviette und die Wasserflasche in den Händen. Kelly scheucht Alex herum, sagt ihm, dass er sich um das Feuer kümmern soll, und gibt mir so die Chance, mich zu verkrümeln. Hinter dem Kastanienbaum mache ich die Serviette nass und reibe damit an meinem Gesicht herum. Ich rubble und rubble, bis die Serviette total schwarz ist und in hundert Fetzen zerkrümelt.

Celeste, eines der nettesten Mädchen in meiner Klasse, steht plötzlich neben mir. »Hier, nimm das«, sagt sie. Wie ein Engel, den der Himmel geschickt hat, hält sie mir einen kleinen Taschenspiegel und einen Plastikbehälter mit Feuchttüchern hin. »Kelly hat gesagt, ich soll mal nach dir sehen.«

»Danke«, keuche ich erleichtert und stürze mich wieder in meine Gesichtsreinigung. Dann checke ich mein Gesicht im Spiegel, und nachdem Celeste mir mindestens zehnmal versichert hat, dass kein Fitzelchen Ruß mehr an mir klebt, lasse ich mich endlich zu der Party zurückführen.

Beide Grills brennen jetzt wie Hölle und die Gäste sind inzwischen alle gekommen. Kelly tut so, als wäre sie hochentzückt über eine Flasche Designer-Badeschaum, die sie gerade auswickelt. Ich lächle, weil ich weiß, wie sehr sie diesen Mädchenkram hasst. Unauffällig mische ich mich unter die Menge, die sich um meine beste Freundin versammelt hat, und lege schnell mein kleines rechteckiges Päckchen auf den Tisch, der vor ihr steht.

Kellys Blick begegnet meinem. »Ist das ...?«

Ich nicke.

»Das neue?«

Ich nicke wieder.

»Danke, Zey. Ich freu mich schon wahnsinnig aufs Lesen.«

Jamal zieht plötzlich einen Fußball hervor und fordert die Mädchen zu einem Match gegen die Jungs heraus. Ganz schön unfair, denke ich, weil die Jungs die ganze Zeit in der Pause herumbolzen und folglich viel mehr Übung haben als wir. Aber ich sage nichts. Kelly, die alle Sportarten toll findet, schnappt sich den Ball und kickt ihn auf die offene Wiese hinaus. Die ganze Meute jagt hinterher.

Alle außer Alex. »Soll ich dir vielleicht ein paar Grilllektionen geben?«, sagt er. Er grinst mich wieder an, mit Grübchen und allem, und wieder überwältigen mich *Staunen und Ehrfurcht*, so wie vor zehn Minuten. Alle Worte sind aus meinem Kopf verschwunden. Aber nein, halt! Ich will nicht wieder wie ein Fisch auf dem Trockenen nach Luft schnappen. Ich will Spaß haben, ich will die Party genießen. Wozu habe ich mir sonst die ganze Mühe gemacht, meine Eltern anzulügen? Ich will mich mit Alex unterhalten.

Ich zwinge mich, etwas zu sagen – egal was. »Warum? Was hast du gegen Kohlekumpel? Ich find's cool.«

Wie bitte? Geht's noch? Hättest du dir nicht was noch Lahmeres einfallen lassen können? Das war echt der dümmste Kommentar in der Geschichte der Menschheit.

»Ist nämlich gar nicht so einfach, diesen Look zu perfektionieren«, fahre ich fort, obwohl eine Stimme in meinem Hinterkopf mir zuflüstert: Halt die Klappe, Zeyneb. Halt einfach die Klappe!

Aber dann passiert etwas Unglaubliches: Alex lacht – und diesmal lacht er mit mir und nicht über mich. Glaube ich jedenfalls. Und dann, noch besser – oder noch schlimmer, ich weiß nicht genau –, beugt er sich seitlich vor und stößt mich mit seiner Schulter an. Ein echter Körperkontakt, wow. Mein Herz schmilzt wieder dahin wie Toffee in der Sonne und jetzt weiß ich, dass ich diesen Nachmittag gut überstehen werde, ohne jedes Mal zu erstarren, wenn mich jemand anspricht. Ja, ich freue mich sogar darauf.

»Und? Was ist? Machst du mit oder nicht?«, frage ich und nicke zu den anderen hinüber, die gerade die Torpfosten mit großen Steinen markieren.

»Fußball ist nicht so mein Ding«, sagt Alex schulterzuckend.

»Du hast nur Angst, dass die Mädchen gewinnen«, ziehe ich ihn auf und marschiere in Richtung Spielfeld davon.

Wir sind alle um den Tisch versammelt, auf dem Kelly gleich ihren Schoko-Geburtstagskuchen anschneiden wird. Sie hat ihrer Mum eine SMS geschickt, dass sie herkommen und sich auch ein Stück nehmen soll. Ich drehe mich in die Richtung der Apartments, um nach Annelies Ausschau zu halten.

Und was sehe ich? Meinen Vater. Steht dort auf dem Parkplatz zwischen den Autos. Dad ist groß – so groß, dass man ihn schwer übersehen kann.

Was macht er hier? Er dürfte doch gar nicht hier sein? Aber da steht er, am Rand des Parks neben unserem Familienauto, mit verschränkten Armen. Und beobachtet uns.

Mein Herz rast. Ich drehe den Kopf weg. Starre stattdessen auf Kellys Schultern mit den winzigen Spaghettiträgern. Mein ganzer Körper ist mit einem dünnen, eiskalten Schweißfilm bedeckt.

Kapitel 3

»O nein!«, murmle ich.

Kelly schaut mich an. Sie merkt sofort, dass etwas nicht stimmt. Ihr Gesicht ist voller Fragezeichen, aber ich wende mich von ihr ab. Kelly ist jetzt nicht wichtig. Mir ist schlecht. Ich kann kaum atmen.

»Dein Dad«, sagt Kelly und deutet mit dem Kinn in seine Richtung.

»Ich weiß«, murmle ich. Mir ist ganz schwindlig, als hätte ich einen Schlag unter die Gürtellinie bekommen.

»Warum ist er hier? Bist du nicht mit dem Rad gekommen?«, hakt Kelly nach.

»Bin ich«, sage ich leise.

Ich trete vom Tisch zurück und gehe langsam auf meinen Vater zu. Meine Augen saugen sich an ihm fest, versuchen seinen Blick aufzufangen, damit ich weiß, was mich erwartet. Dads Lippen sind unter seinem Schnauzbart fest zusammengepresst. Als er sieht, dass ich ihn anschaue, dreht er den Kopf weg. Angewidert. Das sehe ich von Weitem.

Kelly ruft mir nach: »Was ist denn los?«

»Riesenärger zu Hause«, würge ich hervor. Aber ich weiß nicht, ob sie mich gehört hat.

»Zeyneb?«

Ich drehe mich nicht um. Ich erkläre nichts, sage zu niemand Tschüss. Jetzt zählt nur eins: so schnell wie möglich zu meinem Vater kommen und die Dinge irgendwie in Ordnung bringen.

»*Baba*«, rufe ich und stürze zu ihm.

Ohne mich anzusehen, reißt er die Wagentür hinten auf.

»*Baba?*«, sage ich wieder.

Er wartet, mit dem Rücken zu mir, und starrt über die Wagendächer ins Leere. Als hätte er mich nicht gehört. Als sei ich Luft für ihn. Die tausend Entschuldigungen und Erklärungen, die ich vorbringen wollte, bleiben mir im Hals stecken. Dad gibt mir keine Chance, mich zu verteidigen. Ich starre auf den rissigen Asphalt und klettere auf den Rücksitz.

Dad schließt leise die Tür. Meine Angst verfliegt und die Wut schießt in mir hoch. Warum knallt er nicht wenigstens die Tür zu? Warum brüllt er mich nicht an? Warum bleibt er so ruhig?

Dad steigt auf der Fahrerseite ein und startet den Wagen.

Noch nie hat die Fünf-Minuten-Fahrt nach Hause so lange gedauert. Mein Herz hämmert und mein Atem geht flach und schnell. Wie gelähmt sitze ich da und starre auf *Babas* breite, reglose Schultern und seinen dichten schwarzen Haarschopf. Endlich biegt er in die Einfahrt ein, steigt aus und geht ins Haus, ohne mich eines Blickes zu würdigen. Verzweifelt folge ich ihm in den Flur.

Ich muss durchs Wohnzimmer, um zur Treppe zu kommen.

Dort sitzt meine Mum auf der Couch. Ihre Augen fliegen zu mir hoch, sind voller Fragen. »Warum?«, lese ich darin. Aber ihre Lippen bleiben stumm. Neben ihr sitzt *Teyze*, meine Tante, Mums ältere Schwester. Sie rückt mit einer Hand ihr dunkelblaues Kopftuch zurecht und mit der anderen hält sie Mums Hand, als wäre gerade jemand aus der Familie gestorben. *Teyze* ist streng und mager, eine mustergültige Muslimin (oder zumindest hält sie sich dafür), und sie würdigt mich ebenfalls keines Blickes, genau wie Dad. Meine elfjährige Cousine Semra klebt an ihrer Seite, wie immer. Die beiden Kinder meiner Schwester Elif, der fünfjährige Silvan und die zweijährige Dilara, spielen auf dem Teppich und streiten sich um ein Feuerwehrauto.

»Zeyneb!«, quiekt Silvan, als er mich sieht. Sofort lassen die beiden Kleinen ihr Feuerwehrauto im Stich und springen auf die Füße.

Meine Schwester Elif bringt ein Tablett mit einer Teekanne und Gläsern aus der Küche herein. »Setzt euch wieder hin, ihr beiden«, sagt sie zu Silvan und Dilara.

»Aber ich will mit Ze-hee-heey-neb spielen«, heult Dilara.

»Setz dich, hab ich gesagt!«

Wortlos plumpsen Silvan und Dilara wieder auf den Teppich und schauen zu mir hoch.

Elif sieht mich an. Mitfühlend. Ich nicke ihr leicht zu, beiße mir auf die Unterlippe und gehe durchs Wohnzimmer zur Treppe.

Endlich bin ich in meinem Zimmer und werfe mich aufs Bett. Mein Handy sticht mich in die Leiste und ich wälze mich auf den Rücken und wühle es aus meiner Jeanstasche. Das Display ist dunkel. Der Akku muss leer sein. O nein, das bedeutet ...

Ich stürze zu meiner Anziehkommode und stecke das Handy ins Aufladegerät, dann tippe ich mein Passwort ein.

Acht entgangene Anrufe und SMS.

Eine von meiner Mum.

Vier von meinem Vater.

Zwei von Elif.

Die letzte von Kelly: *ALEX HAT NACH DEINER NUMMER GEFRAGT.*

Ich habe monatelang auf dieses Telefon gespart und es ist mein kostbarster Besitz, aber jetzt, in diesem Moment, hasse ich es. Den ganzen Ärger nur wegen diesem blöden leeren Akku! Und wenn meine Eltern erst dahinterkommen, dass Alex meine Handynummer hat, wird alles noch viel schlimmer. Hoffentlich hat Kelly sie ihm nicht gegeben. Oder nein, hoffentlich doch. Ach, ich weiß nicht.

Jetzt weine ich. Ich schluchze wie verrückt, wie ein kleines Baby, aber es ist mir egal. Heute Nachmittag war ich so glücklich – der beste Tag in meinem ganzen Leben, davon war ich felsenfest überzeugt. Und jetzt hat sich alles zum Schlechten gewendet. Und nur wegen diesem bescheuerten Telefon. Mit aller Kraft knalle ich es gegen die Wand und schaue zu, wie es in Stücke bricht.

Ich liege immer noch auf meinem Bett. Seit Stunden lassen sie mich hier schmoren und keiner kommt in mein Zimmer. Ich lausche auf die Geräusche, die von unten zu mir dringen. Mum ruft alle zum Abendessen (außer mir natürlich). Ich sterbe vor Hunger. Ich habe heute Nachmittag beim Grillen fast nichts gegessen. Ich war viel zu sehr mit Alex beschäftigt – wo er gerade war, was er machte, ob er zu mir herkommen würde –, um essen zu können. Ich höre Besteck klappern und hin und wieder leises Stimmengemurmel. Ich hoffe irgendwie, dass Elif an meine Tür klopft, mit einem Teller voll Essen in den Händen und vor allem mit einer Erklärung. Was ist da schiefgelaufen? Warum bin ich aufgeflogen? Warum ist Dad zu Kelly gekommen?

Aber das Klopfen bleibt aus. Ich höre, wie Mum sich von Elif und den beiden Kleinen verabschiedet, dann springt Elifs Wagen an und sie fährt weg.

In Wahrheit brauche ich keine Erklärung. Ich kann zwei und zwei zusammenzählen und mir selbst einen Reim darauf machen. Vermutlich lief es so:

Meine Mum ruft mich an, weil sie ein Kleid für mich gefunden hat und mich fragen will, ob sie es kaufen soll. Ich reagiere nicht. Mum ruft Dad an und er versucht es ebenfalls bei mir. Ich reagiere wieder nicht. Er ruft noch mal an. Keine Antwort. Viermal. (Bei uns zu Hause ist es ein unumstößliches Gesetz, dass ich mein Handy immer anlasse und sofort zurückrufe, wenn meine Eltern sich melden.) Inzwischen glaubt Dad, dass ich mit dem Fahrrad unter einen Bus gekommen bin oder so.

Er steigt ins Auto und fährt zu Kelly hinüber. Er sieht uns im Park und weiß, dass ich ihn angelogen habe. Warum, interessiert ihn nicht, er will keine Erklärungen hören. Ich weiß nicht, wie lange er schon dort gestanden und uns beobachtet hat. Auf mich gewartet hat.

Warum kommt er nicht in mein Zimmer und schreit mich an? Oder wenigstens Mum. Warum lässt sie sich so eine tolle Gelegenheit entgehen? Wo sie endlich mal hundertprozentig im Recht ist und ich absolut nichts dagegenhalten kann? Sonst jammert sie doch auch wegen jedem Mist an mir herum.

Ich springe vom Bett, stampfe zum Fenster und knipse die welken Blüten des Hornveilchens auf meinem Fenstersims ab. Nein, ich darf nicht alles auf meine Eltern schieben. Das ist nicht okay. In Wahrheit bin ich wütend auf mich selbst. Und mit Recht. Ich bin streng mit mir, als könnte mich das irgendwie retten. Aber was ändert es schon? Wie soll meine Wut auf mich selbst irgendwas in Ordnung bringen? Und ich bin auch nicht wirklich zerknirscht. Ein winziger Teil von mir bleibt rebellisch. Im tiefsten Herzen bin ich trotz allem froh, dass ich auf der Grillparty war und mit Alex geredet habe. *Du würdest es nicht rückgängig machen, selbst wenn du könntest*, flüstert eine Stimme in meinem Hinterkopf. Ich kann sie nicht zum Schweigen bringen, sosehr ich mich anstrenge, und was würde es mir auch nützen? Dad redet trotzdem nicht mehr mit mir.

Ich liege wieder auf dem Bett und starre auf eine Fliege, die an der Decke herumsummt. Ich höre, wie meine Eltern sich zum

Bettgehen fertig machen. Und dann ist es still im Haus. Meine Augenlider werden schwer. Ich kämpfe gegen den Schlaf an. Ich ziehe meine Bettdecke über mich und warte auf das vertraute Geräusch von Dads Schritten. Er wird doch nicht unser Gute-Nacht-Ritual auslassen? Er wird mir doch einen Kuss auf die Stirn geben, wie immer, bevor er ins Bett geht? So böse kann er doch nicht mit mir sein? Ich liege eine Ewigkeit wach und warte darauf, dass die Dielen unter Dads Gewicht knarzen. Aber nichts. Nur Stille. Eine Stille, die mir in den Ohren schrillt. Ich wusste gar nicht, dass Schweigen so laut sein kann.

Irgendwann driftete ich in den Schlaf, oder jedenfalls fast, als plötzlich die Tür aufgeht. Ich spähe unter meiner Bettdecke hervor. Ein weicher oranger Lichtschein fällt in mein Zimmer und ich sehe, wie Dad zu mir hereinschaut. Schnell kneife ich die Augen zu, und als ich sie wieder aufmache, ist sein Kopf verschwunden und die Tür zu. Kein Kuss auf die Stirn heute Nacht.

Kapitel 4

Am nächsten Morgen knurrt mir der Magen vor Hunger. Ich habe seit Kellys Grillparty gestern Nachmittag nichts mehr gegessen, und der Geruch nach frischem, warmem Brot, der aus der Küche heraufweht, lässt mir das Wasser im Mund zusammenlaufen.

»Guten Morgen, *Baba*. Guten Morgen, *Anne*«, sage ich, als ich in die Küche komme.

Meine Eltern stehen vom Tisch auf. Keine Begrüßung. Kein Lächeln. Ich werde keines Blickes gewürdigt. Nichts. Nur mein Platzset liegt auf dem Tisch, sonst hätte man meinen können, ich sei ausgelöscht – über Nacht aus ihrem Gedächtnis verschwunden.

Meine Mum küsst *Baba* auf die Wange. »*Güle güle*«, sagt sie. Geh in Frieden.

Normalerweise würde *Baba* jetzt um den Tisch herumgehen und neben meinem Stuhl warten und ich würde mich zu ihm hinaufstrecken und ihm einen Kuss geben, so wie es bei uns üblich ist. Aber nein, nichts. Dad geht einfach zur Tür.

Ich nippe an meinem Tee und starre mit brennenden Augen

auf meinen Teller. Eine Ecke *pide*, ein paar Tomatenscheiben, Quark, eine gebratene Paprika und ein gekochtes Ei – das gibt es sonst nur am Wochenende. Mum hat wahrscheinlich ein schlechtes Gewissen, weil ich gestern Abend nichts zu essen bekommen habe. In ihren Augen führt es zum sofortigen Hungertod, wenn man auch nur eine einzige Mahlzeit am Tag auslässt. Vielleicht kann ich sie zum Reden bringen, indem ich das Essen verweigere. Ich kämpfe gegen die Tränen an und stoße meinen Teller zurück. Ich höre, wie Mum ganz leise die Luft einzieht. Aber sie bleibt stark und sagt nichts.

Eine Viertelstunde später bin ich angezogen und fertig für die Schule. Ich gehe in die Küche und da steht sie, mit dem Rücken zu mir, und starrt aus dem Fenster. Mein Teller ist weggeräumt und meine Lunchbox für die Schule steht auf dem Tisch.

»Wiedersehn, *Anne*«, sage ich wie immer. »Ich wünsche dir einen schönen Tag.«

Mum rührt sich nicht.

Ich muss zugeben, das schmerzt viel mehr, als ich dachte. Gestern noch wäre ich froh gewesen, wenn Mum mich einfach ignoriert hätte, statt pausenlos an mir herumzunörgeln. Aber jetzt? Okay, ich weiß, sie können mich nicht mein Leben lang ignorieren und natürlich meinen sie es nur gut mit mir (oder jedenfalls soll ich das glauben). Aber trotzdem. Das macht die Sache kein bisschen leichter.

Ich wüsste gern, was Mum mir heute in die Lunchbox getan hat. Vielleicht was besonders Leckeres wie *lahmacun*, türkische

Pizza, als Wiedergutmachung für die entgangenen Mahlzeiten. Und neben der Lunchbox steht meine Lieblings-*Capri-Sonne* – Apfel mit Kirsch.

»Okay, du wirst schon sehen, was du davon hast«, murmle ich vor mich hin – aber so leise, dass Mum nichts verstehen kann.

Ich lasse meine Lunchbox und die *Capri-Sonne* auf dem Tisch stehen.

Während ich zur Schule strample, denke ich die ganze Zeit darüber nach, wie ich das alles in Ordnung bringen kann, und vor lauter Stress passe ich nicht auf und werde am Kreisel beinahe von einem Auto umgefahren. Der Wagen kommt quietschend zum Halten und die Frau drinnen drückt auf die Hupe. Wütend schreit sie mich an, obwohl ich nichts höre, sondern nur ihre Lippenbewegungen sehe. Ich zucke die Schultern und strample weiter. *Anne* und *Baba* würde es nur recht geschehen, wenn ich bei einem Autounfall ums Leben käme. Dann würde es ihnen leidtun, dass sie mich heute Morgen beim Frühstück geschnitten haben. Und das alles nur wegen diesem bescheuerten Shopping-Nachmittag.

Ich denke an meine Schwester, an die Zeit, als sie noch bei uns zu Hause lebte und meine Eltern auch mit ihr nicht redeten. Das ist anscheinend ihre Lieblingsstrafe – ihren Töchtern die kalte Schulter zeigen. Elif war damals achtzehn und meine Eltern hatten erfahren, dass sie einen Freund hatte. Einer meiner blöden Cousins hatte Elif Händchen haltend mit ihm in der Stadt gesehen und natürlich hatte er nichts Eiligeres zu tun, als meine Mum anzurufen und meine Schwester zu verpetzen.

Ich kann mir gut vorstellen, was er zu ihr gesagt hat, dieser scheinheilige Idiot: »*Teyze*, es tut mir so leid, dass ich keine besseren Nachrichten für dich habe, aber ich darf dir das nicht verschweigen: Weißt du, wen ich heute Nachmittag im Einkaufszentrum gesehen habe ...«

Und so läuft das bei uns: Alle freuen sich, wenn ein anderer auf die Nase fällt.

Das Schlimme war nicht, dass Elif einen Freund hatte. Bei uns ist es normal, früh zu heiraten, jedenfalls im Vergleich zu nicht-muslimischen Frauen. Aber Elif hatte sich hinter ihrem Rücken mit dem Jungen getroffen, das war das große Verbrechen. *Baba* und *Anne* kannten ihn nicht und erst recht nicht seine Familie und all das. Außerdem hatten sie Angst, dass die Leute sich die Mäuler darüber zerreißen würden. Eine Schande, nannten sie es und für ein muslimisches Mädchen gibt es nichts Schlimmeres, als Schande über die Familie zu bringen.

Ich war damals acht und total verwirrt, denn bis zu diesem Moment waren wir eine glückliche Familie gewesen und ich konnte mir nichts anderes vorstellen. Fast zwei Wochen lang redeten sie kein Wort mit Elif, und meine Schwester lag die ganze Zeit auf ihrem Bett und schluchzte und schluchzte. Ich schlich immer heimlich zu ihr ins Zimmer und streichelte ihr die Haare.

»Sag einfach, dass es dir leidtut«, drängte ich sie damals, naiv wie ich war.

»Weißt du, was ich tun werde?«, sagte Elif eines Nachmittags zu mir.

Ich schüttelte den Kopf.

»Ich ziehe zu *Teyze* Havva«, verkündete sie wild entschlossen.

»*Teyze* Havva?«, wiederholte ich. »*Teyze* Havva?«

Unsere geheimnisvolle Tante. Die älteste Schwester meiner Mutter. Die vor vielen Jahren weggelaufen war und einen Nicht-Muslim geheiratet hatte. Wir hatten sie noch nie gesehen, aber wir bekamen jedes Jahr Geburtstagskarten von ihr und Umschläge mit Geld für *Bayram*. Mit acht konnte ich mir nur schwer vorstellen, dass eine Tante, die ich nie gesehen hatte, tatsächlich existierte, dass sie ein Mensch aus Fleisch und Blut war. Jemand, der meine unglückliche Schwester bei sich aufnehmen würde. Mir klappte der Kiefer praktisch bis zur Bettkante herunter.

Elif nickte.

»Aber wo ...«, stotterte ich verwirrt. »Woher weißt du, wo sie wohnt?«

»Ich habe ihre Adresse in einem alten Notizbuch von *Anne* gefunden. Du weißt schon, das eine, das sie in ihrer obersten Schublade versteckt hält?«

Ich nickte, obwohl ich nicht genau wusste, welches Notizbuch sie meinte. Ich hatte es aber bestimmt auch gesehen, als ich mal in Mums Sachen herumgeschnüffelt, ihre handbestickten Taschentücher befummelt und mit ihren seidenen Kopftüchern über meine Wangen gestreichelt hatte.

»Und was ist mit mir?«, fragte ich.

»Ich schreibe dir. Du kannst mich besuchen kommen, wenn du größer bist.«

Am Ende lief Elif doch nicht zu *Teyze* Havva davon. Die Eltern des Jungen kamen zu uns nach Hause, um *Baba* und *Anne* kennenzulernen, und bald waren Elif und Deniz verlobt. Dann kamen die Hochzeit und ungefähr neun Monate später Silvan. Alles hatte sich zum Guten gewendet. Wenn man davon absieht, dass Elif sich nie zur Krankenschwester ausbilden ließ, wie sie es ursprünglich vorhatte.

Kelly wartet beim Fahrradschuppen auf mich, als ich in die Schule komme. Mit großen Augen schaut sie mich an. »Warum gehst du nicht ans Telefon? Was ist denn los, Mann?«

Irgendwie ist mir nicht danach, mit ihr zu reden. Oder überhaupt mit ihr zusammen zu sein. »Mein Handy ist kaputt«, murmle ich, während ich mein Fahrrad neben ihrem abstelle.

»Was? Wie ist das passiert?«

»Es ist kaputt. Kein Drama.« Ich gehe einfach weg.

»He, warte mal 'n Moment.« Kellys Hand liegt auf meinem Arm und ihre Stimme wird plötzlich ganz streng. Wahrscheinlich spricht ihre Mum so mit ihr, wenn sie sauer auf sie ist. »Dein Dad taucht auf dem Parkplatz auf und holt dich ab und du wirst ganz weiß im Gesicht. Du antwortest den ganzen Abend nicht auf meine SMS und Anrufe und jetzt erzählst du mir, dass das Telefon kaputt ist, auf das du sechs Monate gespart hast, und dass das kein Drama ist. Was in aller Welt ist denn los?«

»Ach lass mich, Kelly. Das geht dich nichts an«, fauche ich und reiße mich los.

»Das geht mich nichts an? Seit wann ...«

Ich wirble herum. »Weil du keine Ahnung hast, wie es ist, in einer Familie wie meiner zu leben. Weil du so ein perfektes Leben mit deiner Mum und deinen einfachen kleinen Regeln hast. Weil du überhaupt nicht weißt, wie es ist, wenn man eine *richtige* Familie hat.«

Kelly bleibt der Mund offen stehen und ihre Augen werden groß. Noch während ich ihr das alles an den Kopf werfe, schreit eine Stimme in meinem Hinterkopf: Halt die Klappe, Zeyneb. Aber ich kann mich nicht bremsen, weil mir das im Augenblick alles egal ist. Ich will Kelly wehtun und ich weiß nicht, warum. Oder doch, ja, ich weiß es – weil sie sich nicht entscheiden muss.

Sie muss sich nicht entscheiden, ob sie mit ihrer Mum shoppen oder zur Party ihrer besten Freundin gehen soll. Ob sie ein Kopftuch tragen oder ihre Familie enttäuschen soll. Ob sie ein gutes muslimisches Mädchen sein oder ihre Eltern schamlos hintergehen soll.

Und jetzt, in diesem Moment, hasse ich sie dafür. Ich hasse sie von ganzem Herzen. Obwohl sie mit offenem Mund dasteht und ihr die Tränen in die Augen schießen.

Ich weiß, dass ich sie verletzt habe und dass mir das später leidtun wird. Ich spüre schon, wie die Reue tief in meinem Inneren aufsteigt, aber das hält mich nicht auf. Ich hasse sie einfach weiter.

Wortlos drehe ich mich um und stampfe davon, um mich in die Schlange einzureihen.

Kapitel 5

Der Albtraum liegt endlich hinter mir, dieser endlose Schultag, an dem ich Kelly gekränkt habe und Alex aus dem Weg gegangen bin, weil ich das jetzt einfach nicht verkraften kann. Ich springe auf mein Rad und fahre los, so schnell ich nur kann. Ich weiß, wo ich hinwill. Nach Hause jedenfalls nicht.

Bei Nummer 64 werfe ich mein Rad auf den Rasen und stürme zur Haustür hinauf. Die Straßenschuhe, die normalerweise säuberlich aufgereiht vor der Tür stehen, sind weg, und stattdessen stehen vier Paar Hausschuhe da. Das heißt, sie sind nicht zu Hause. Ich klopfe trotzdem. Und warte.

Nichts.

Ich plumpse auf die Treppe und überlege, wo sie sein könnten. Ich starre auf ihren verwilderten Garten und mache in Gedanken eine Liste, was *Baba* hier alles auszusetzen hätte – Gras zu lang, überall Unkraut in den Beeten, Sträucher nicht zurückgeschnitten und keine einzige Blume in Sicht. Wäre ich nicht so deprimiert, würde ich jetzt in den Schuppen gehen und mir eine Schere holen. Mein leerer Magen knurrt und ziept. Mir ist ganz schwindlig vor Hunger. Ich lehne mich an meinen Rucksack, lasse die Sonne auf meine Beine herunterbrennen und versuche an etwas anderes zu denken.

Dann kreischt eine schrille Kinderstimme: »Zeyneb!«, und ich schrecke hoch.

Ich setze mich auf. Ich muss wohl eingeschlafen sein. Während ich mir die Augen reibe, purzeln Elifs Kinder aus dem Auto in der Einfahrt und werfen sich begeistert auf mich. Elif kämpft mit einer Ladung Einkaufstüten, ihrer übergroßen Handtasche und einem kleinen Rucksack, der wie ein Zug aussieht. Ich stehe auf, um ihr zu helfen.

»Was machst du denn hier?«, fragt sie.

Ich zucke die Schultern.

Ich schnappe mir eine der Einkaufstüten und wühle nach etwas Essbarem darin herum. Ich reiße eine Plastikschale auf und werfe mir zwei Kirschtomaten in den Mund. Die Samen schießen heraus, als ich draufbeiße.

»Zeyneb«, sagt Elif angewidert, »die sind doch gar nicht gewaschen.«

Ich seufze. »Das ist ein Notfall.«

»Jetzt komm schon«, sagt sie. »Lass uns erst mal reingehen und darüber reden.«

Ich helfe den Kleinen aus ihren Straßenschuhen und ziehe ihnen die Hausschuhe an. Dann schlüpfe ich in ein Paar Gästehausschuhe und folge meiner Schwester ins Haus.

Wir setzen Silvan und Dilara mit einem Nutellabrot und einem Glas Milch an den Tisch. Elif und ich packen die Lebensmittel aus. Wir sagen nicht viel. Unsere Bewegungen sind perfekt aufeinander abgestimmt, das Ergebnis jahrelanger Übung. (Einer von Mums Lieblingsbefehlen ist: »Lauf schnell rüber zu deiner Schwester und hilf ihr ein paar Stunden. Sie hat mit ihren Kindern alle Hände voll zu tun.«) Meine Augen sind auf Dilara geheftet: Sobald sie ein Stück Brot abreißt, bin ich neben ihr, schnappe es vom Teller und stopfe es mir in den Mund. Wir räumen alles in die Schränke und Elif holt ein Hackbrett heraus, um ein paar Zwiebeln zu schneiden.

»Kann ich irgendwas helfen?«, frage ich.

»Ja, nimm das Brot heraus und mach dir ein Sandwich, bevor du noch meine Kinder verschlingst«, sagt Elif und schneidet mir eine Grimasse.

»Welches von beiden soll ich zuerst aufessen?«

Elif und ich lachen, aber die Kinder starren uns mit verstörten kleinen Gesichtern an. Ich beuge mich vor und wuschle ihnen durch die Haare und sie laufen weg, um zu spielen.

Ein paar Minuten später sitze ich meiner Schwester gegenüber und falle über den Stapel Brote her, die ich mir geschmiert habe – Weißbrot mit dicken Scheiben der klebrigen eingelegten Feigen, die meine Mum letzten Sommer gemacht hat. Dazu ein Glas Orangensaft.

»Ich versuche schon seit gestern Abend dich zu erreichen«, sagt Elif. »Warum gehst du nicht an dein Telefon?«

»Weil es kaputt ist.«

»Was soll das heißen, ›kaputt‹?«

»Du brauchst mir keine Vorträge zu halten, Elif. Es ist kaputt und damit basta.«

»Woher soll *Anne* dann wissen, dass du hier bist?«

Ich zucke die Schultern.

»Was?«

»Ich habe kein Telefon. Wie soll ich es ihr dann mitteilen? Außerdem redet sie immer noch nicht mit mir ...«

»Das ist eine Ausrede, Zeyneb. Du weißt genau, dass du ihr sagen musst, wo du bist. Hast du nicht schon genug Ärger am Hals?« Elif schnappt sich ihre Handtasche und kramt ihr Telefon hervor. Dann schiebt sie es mir über die Küchentheke zu. »Ruf sie an.«

Ich rühre mich nicht.

»Du sollst sie anrufen«, wiederholt Elif mit strenger Stimme.

Ich funkle sie an. »Auf wessen Seite bist du eigentlich?«

»Seit wann gibt es Seiten in unserer Familie? Und willst du, dass Mum durchdreht? Sie denkt wahrscheinlich, dass du überfahren worden bist oder so.«

»Gut. Das geschieht ihr recht, wenn sie ...«

»Sei nicht kindisch, Zeyneb.« Elif drückt mir das Telefon in die Hand.

Sie hat schon Mums Nummer eingetippt und das Telefon wählt. Ich lege es auf die Theke und starre bockig aus dem Fenster.

Mit einem tiefen Seufzer nimmt Elif das Handy wieder an sich und redet hinein: »*Anne?* Sie ist bei mir.« Dann lauscht sie auf Mums Worte und nickt. »Gut. Mach dir keine Sorgen. Alles in Ordnung.« Sie verdreht die Augen. »Ja, ja. Ich hab ihr was zu essen gegeben.«

Wir sind schon eine halbe Ewigkeit zusammen und haben immer noch nicht darüber gesprochen, was gestern passiert ist. Während Elif das Abendessen kocht, gehe ich mit Silvan und Dilara hinaus und fange an Unkraut in den Blumenbeeten zu jäten. Mir geht es sofort besser, wenn meine Hände mit Erde in Berührung kommen. Deniz, mein Schwager, kommt von der Arbeit nach Hause. Ich mag ihn nicht besonders, aber ich begrüße ihn höflich. Elif hat einen besseren Mann verdient, finde ich, einen, der auch merkt, was für eine tolle Frau sie ist, und nicht alles für selbstverständlich nimmt. Deniz nickt mir kurz zu. Da ich (zumindest in seinen Augen) ein Kind bin, und noch dazu ein Mädchen, steht mir nicht mehr als das äußerste Minimum an Aufmerksamkeit zu. Endlich ist das Abendessen fertig und wir setzen uns alle an den Tisch. Mein Hunger ist noch nicht ganz gestillt, selbst nach dem Riesenstapel Feigenbrote, die ich verschlungen habe. Ich stopfe zwei Portionen von Elifs Fleischbällchen in mich hinein, dazu *bulgur pilaf* (so ähnlich wie Reis, nur besser) und *cacik* – verdünnten Joghurt mit gehackter Gurke. Dann stecken Elif und ich die Kleinen in die Badewanne und hinterher bringen wir sie ins Bett, wo sie sofort einschlafen.

Wir setzen uns in die Küche, vor uns die kleinen Gläschen mit rotem türkischem Chai-Tee. Heiß und süß, wie immer.

»Kann ich über Nacht bleiben?«, fange ich an, aber ich kenne die Antwort schon. Selbst wenn ich es schaffe, meine Schwester zu überreden, wird Deniz nie drauf eingehen. Es nervt ihn sowieso schon, dass ich hier bin, das merke ich. Er will seine Frau für sich alleine haben, sobald die Kinder im Bett sind.

»Das ist doch Unsinn«, sagt Elif. »Du machst alles nur noch schlimmer, wenn du ihnen aus dem Weg gehst.«

»*Ich* gehe *ihnen* aus dem Weg?«, schnaube ich. »Das soll wohl ein Witz sein?«

»Sei doch nicht so stur, Zeyneb. Geh nach Hause, küss *Baba* die Hand und sag ihm, dass es dir leidtut, und dann ist alles wieder gut.«

Ich verdrehe die Augen.

»*Anne* hat dir gestern so ein schönes Kleid für die Hochzeit gekauft«, fährt sie fort. »Sie würde es dir bestimmt gern zeigen.«

Ich stöhne bei dem Gedanken an die riesige glitzernde Paillettenwolke, in der ich vermutlich herumstolzieren muss. Mum hat einen unmöglichen Geschmack. Letztes Jahr, bei der Beschneidungsfeier meines Cousins, hat sie ein Kleid getragen, in dem sie aussah, als wollte sie in einem Dornröschenfilm mitspielen.

»Es ist himmelblau. Wirklich hübsch. *Anne* hat sich solche Mühe gegeben, das allerschlichteste auszusuchen«, fährt Elif fort.

Aber ich frage nicht nach Einzelheiten, nur um ihr einen Gefallen zu tun, sondern verdrehe wieder die Augen.

»Also abgesehen von dem winzigen Spitzensaum am Oberteil«, sagt sie beinahe beschwörend. »Er fällt überhaupt nicht auf, wirklich.«

Unser Gespräch wird von Deniz unterbrochen, der jetzt in die Küche kommt. »Ich gehe ins Café«, grunzt er. Das »Café« ist eine schäbige kleine Kneipe nicht weit von Elifs Haus, wo die Männer den ganzen Tag herumsitzen, Chai trinken und über Politik diskutieren. Elif hasst es, wenn er dorthin geht, und das weiß er.

Elifs Augen huschen zwischen Deniz und mir hin und her. Ich weiß genau, was in ihr vorgeht. Sie kämpft mit sich, wen sie enttäuschen soll. Weil sie mir leidtut, will ich schon aufspringen und sagen, dass ich jetzt nach Hause gehen muss, aber dann macht Elif den Mund auf und sagt »Güle güle« zu Deniz.

Wortlos verschwindet er. Wir hören den Wagen in der Einfahrt anspringen.

Ich frage mich oft, ob Elif glücklich mit Deniz ist oder ob sie es bereut, dass sie schon mit neunzehn geheiratet hat. Aber ich sage nichts zu ihr. Wozu auch? Ich will sie nicht traurig machen.

»Tut mir leid«, sagt Elif.

Ich lächle und tue so, als hätte ich nichts bemerkt.

»Wo waren wir noch stehengeblieben?«, fragt sie. »Ach ja, das Kleid, das *Anne* dir gekauft hat ...«

»Hat sie ...«, fange ich an. »Hat sie mir auch ein Kopftuch gekauft?«

Elif nickt langsam und ich drehe den Kopf von ihr weg. »Wenn du es nicht tragen willst, musst du es ihr nur sagen. Niemand zwingt dich dazu.«

Ich nage an meiner Unterlippe und schaue sie an. »Aber das ist es ja gerade. Ich weiß nicht, was ich will.«

»Du musst dich auch nicht jetzt sofort entscheiden. Du hast jede Menge Zeit.«

»Du hast auch mal eins getragen, weißt du noch? Nur ganz kurz. Ich glaube, ich war gerade in die Grundschule gekommen und ich fand, dass du total erwachsen damit aussahst. Warum hast du es wieder abgelegt?«

»Ich habe es drei Monate lang versucht, ja. Ich muss ungefähr fünfzehn gewesen sein. Alle meine Freundinnen haben Kopftücher getragen und deshalb hab ich's auch probiert, aber vor allem, weil ich wie die anderen sein wollte. Es war keine echte Entscheidung von mir.«

»Und warum hast du es wieder abgenommen?«

»Weil ich mich damit nicht wohlgefühlt habe. Das war nicht ich. Ich wollte ... modern sein, glaube ich. Ich hab mir allen Ernstes eingebildet, dass es modern wäre, kein Kopftuch zu tragen.«

»Willst du damit sagen, dass es nicht modern ist?«

»Ich weiß nicht. Schau mich doch an. Ich bin fünfundzwanzig. Eine Hausfrau mit zwei Kindern. Ich habe nach der Schule keine Ausbildung gemacht. Falls ich je eine Arbeit annehmen müsste, wüsste ich nicht, was ich machen soll. Putzen bei fremden Leuten? Hinter einer Supermarktkasse sitzen? Viel mehr wäre nicht drin, fürchte ich. Findest du das modern?«

Elif wirkt plötzlich alt und müde. So habe ich sie noch nie gesehen. Meine Schwester ist immer voller Tatendrang – so positiv und freundlich. »Aber ... aber bist du denn nicht glücklich?«, frage ich.

»Das hab ich nicht gesagt. Ich liebe Deniz, trotz seiner Fehler, und ich könnte nicht ohne meine Kinder leben, aber ich glaube nicht, dass ich mir mein Leben so vorgestellt habe, als ich in deinem Alter war. Es kommt nicht drauf an, was du anhast, verstehst du, Zey? Sondern was du tust. Nur das macht dich zu einer modernen Frau.«

Eine Träne kullert Elif über die Wange und ich erstarre. Ungeduldig wischt sie sich über die Augen. Ich stehe auf und setze mich neben sie. Ich will ihre Hand nehmen, aber ich weiß, dass Elif keine rührseligen Szenen mag. Und Mitleid will sie schon gar nicht. Also sitze ich ganz still neben ihr. Wir schweigen lange. Endlich schaut sie mich an und lächelt. Sie gibt sich einen Ruck und verbannt ihre Traurigkeit in den hintersten Winkel ihrer Seele. Wie lange sie dort wohl vergraben bleibt?

Ich spüre, dass ich ihr jetzt meine Frage stellen kann: »Dann findest du also nicht, dass ich ein Kopftuch tragen sollte?«

»Du musst tun, was für dich richtig ist, Zeyneb. Folge deinem Herzen und so. Das ist eine Sache zwischen dir und Allah. Es hat nichts mit uns anderen zu tun.«

»Aber ich weiß nicht, Elif. Ich weiß nicht, wie ich mich entscheiden soll. Das ist doch gerade das Problem.«

»Ja, aber du bist klug. Du wirst es herausfinden und dann wirst du auch stark genug sein, um zu deiner Entscheidung zu stehen. Da bin ich mir ganz sicher.«

Was soll ich darauf antworten? Elif denkt wahrscheinlich, dass sie mir geholfen hat, aber in Wahrheit bin ich nur noch verwirrter als vorher.

»Also, Zeyneb, du musst jetzt nach Hause«, sagt sie und tätschelt mir den Schenkel.

Ich stöhne. »Muss ich echt?«

»Warte mal. Ich hab noch was für dich, bevor du gehst.« Elif verschwindet im Flur und geht in ihr Schlafzimmer. Kurz darauf kommt sie zurück und drückt mir etwas in die Hand. Es ist ihr altes Handy.

»Damit du uns wissen lassen kannst, wo du bist«, sagt sie. »Ja, Zeyneb, das war wirklich dumm von dir, *Anne* nicht zu sagen, wo du bist. So geht das nicht und das weißt du auch.«

Als ich nach Hause komme, bleibe ich stocksteif im leeren Wohnzimmer stehen und denke an Elifs Ratschläge, an ihre Tränen. Meine Eltern reden gedämpft in der Küche. Ihre Stimmen sind so leise, weil sie meine Schritte gehört haben. Ich halte den Atem an, lausche angestrengt auf das, was sie machen. Sie warten. Denken wahrscheinlich, ich müsste in die Küche kommen und sie unter Tränen um Verzeihung bitten.

Aber nein, das kann ich nicht. Es ist einfach zu hart. Diese ganzen Erwartungen, die auf mir lasten. Und was habe ich eigentlich Schlimmes verbrochen? Was habe ich getan, um das hier zu verdienen? Ich war auf der Geburtstagsparty meiner besten Freundin, statt ein blödes Kleid zu kaufen. Wow: das Verbrechen des Jahrhunderts! Je länger ich dastehe und auf ihr Schweigen lausche, desto wütender werde ich.

Ich huste laut, damit sie mich hören, weil es das Äußerste an Aufsässigkeit ist, was ich aufbringe. Dann stampfe ich laut durchs Wohnzimmer und die Treppe hinauf in mein Zimmer. Ich mache die Tür zu – laut. Weil es mir guttut. Ich knalle sie nicht direkt zu, denn ein junges Mädchen knallt nicht mit den Türen, jedenfalls nicht bei uns zu Hause. Sonst riskiere ich, dass mir mein Handy einen Monat lang weggenommen wird, wie beim letzten Mal, als ich das probiert habe.

Im Moment liegt es allerdings zerschmettert am Boden. Ich gehe hin, um die Scherben aufzuheben, und da fällt mein Blick auf ein Päckchen auf meinem Bett. Klein und quadratisch, ungefähr taschenbuchgroß und säuberlich mit Tesafilm zugeklebt. Meine Nackenhärchen unter dem Pferdeschwanz stellen sich auf. Warum machen sie mir Geschenke? Ich starre das Päckchen einen Augenblick an, dann wende ich den Blick ab.

Ich sammle die Handyteile auf, suche meine SIM-Card und schiebe sie in Elifs altes Telefon. Das Ding stammt mindestens aus dem letzten Jahrhundert – es hat nicht mal Wi-Fi. Ich stecke es ins Aufladegerät und dann in die Steckdose an der Wand.

Ich schalte es ein.

Das Päckchen auf dem Bett starrt mich an. Ich ignoriere es.

Das Telefon fragt mich nach meinem Passwort. Ich tippe 1111 ein, weil ich weiß, dass Elif sich garantiert nicht die Mühe gemacht hat, das Passwort zu ändern, nachdem sie es im Laden gekauft hat. Und tatsächlich – das Passwort ist gültig.

Ich schaue kurz zum Bett hinüber. Und wieder weg.

Das Telefon springt an. Viele entgangene Anrufe. Einer von

einer unbekannten Nummer. Vielleicht Alex? Meine Finger schweben über der »Rückruf«-Taste, dann über »Löschen«. Was soll ich ihm auch sagen? *Hey, Alex, ich wollte nur wissen, ob das deine Nummer ist.* Er würde mich doch für bescheuert halten. Nein, das entscheide ich später.

Ein paar der entgangenen Anrufe sind von Elif. Und einige von Kelly, von gestern. Vor dem Streit am Fahrradschuppen. Ich kann mir kaum noch vorstellen, dass diese Begegnung tatsächlich stattgefunden hat – es kommt mir vor wie in einem anderen Leben. Dann schnürt sich mir die Kehle zu, weil mir bewusst wird, dass Kelly seither nicht mehr angerufen hat. Und auch keine SMS geschickt. Oder mir verziehen. Ich verdränge schnell diesen Gedanken.

Stattdessen schaue ich auf mein Bett.

Das Päckchen starrt herausfordernd zu mir zurück.

Wäre ich der Typ dafür, würde ich jetzt lauthals losfluchen. Aber so bin ich nicht und das ist das Problem. Wenn ich fluche, ob laut oder leise, hört das zumindest Einer. Also lasse ich es. Ich kauere nur da, knie vor dem dummen Telefon, ganz ohne zu fluchen, und starre auf das Päckchen auf meinem Bett. Aber warum kann ich das nicht? Einmal so richtig losbrüllen, wenn wieder alles über mir zusammenbricht?

Endlich, aus purem Frust und weil ich nicht weiß, was ich sonst tun soll, stehe ich auf, gehe zu meinem Bett hinüber und nehme das Päckchen in die Hand. Vorsichtig lege ich es auf meinen Schoß. Es ist kein Buch. Sondern weich und dünn.

Im tiefsten Inneren weiß ich, was drin ist.

Sorgfältig wickle ich das braune Papier ab und tatsächlich – ein Kopftuch.

Aber ein schönes.

Es ist hellblau, ein ganz heller Blauton, fast weiß, und hauchfein, so zart, dass der Stoff wahrscheinlich Löcher bekommt, wenn man draufbläst. Die Säume sind bestickt, spinnwebenfein, mit ganz winzigen Perlchen dazwischen. Das Kopftuch sieht alt aus, ist es aber nicht, wie ich an dem Etikett mit der Waschanleitung in der einen Ecke sehen kann. Ganz zerbrechlich sieht es aus. So was Schönes habe ich noch nie in meinen Händen gehalten.

Anne hat sich wirklich selbst übertroffen.

Ohne zu überlegen, stehe ich auf. Ich stolpere aus meinem Zimmer, das Kopftuch in den Händen, und dann die Treppe hinunter, in die Küche. *Baba* und *Anne* sitzen am Tisch, starren mich mit offenen Mündern an.

»Das ist so schön, *Anne*«, stoße ich atemlos hervor.

Ich habe ganz vergessen, dass ich sauer auf sie bin.

Und sie auf mich.

Das Gesicht meiner Mum wird weich und fast spielt ein Lächeln um ihre Lippen, aber sie unterdrückt es gerade noch. *Babas* Lippen sind fest zusammengekniffen.

Nein, es geht nicht.

Ich kann einfach nicht dastehen, sie anschauen, mit diesem wunderschönen Kopftuch in den Händen, und wütend auf sie sein. Oder zulassen, dass sie mich ignorieren. Dass sie sich von mir verraten fühlen.

Nein, das geht nicht.

Ich stürze zum Tisch hinüber, setze mich neben meinen Vater und greife nach seiner Hand. Nehme sie in meine beiden Hände und führe sie an meinen Mund. Ich küsse seinen Handrücken. »Tut mir leid, *Baba*. Es tut mir so leid, dass ich dich angelogen habe.«

Ich schaue kurz zu Mum auf und senke den Blick wieder. »Es tut mir leid, *Anne*.«

Ich sitze da und warte. Meine Augen sind auf das Plastiktischtuch mit den Körbchen voll blauer Blüten geheftet. Endlich, nach einer Ewigkeit, spüre ich eine Bewegung in *Babas* Körper und im nächsten Moment legt er seine riesige Hand auf meinen Hinterkopf. Die Hand fühlt sich an wie immer. Genau richtig.

»Es muss nichts Schlechtes sein, wenn man etwas zu bereuen hat, das weißt du doch, Zeyneb?«

»Ja, ich weiß, *Baba*, ich weiß.«

»Solange man daraus lernt.«

Seine Hand liegt immer noch auf meinem Hinterkopf. Ich nicke. Wie oft habe ich das schon gehört?

»Aber es wird Zeit, dass du reinen Tisch machst, *kizim*, und uns erzählst, was gestern wirklich passiert ist.«

Mir strömen die Tränen über die Wangen, meine Nase läuft, aber ich lächle dabei, hebe den Kopf und erzähle meinen Eltern alles. *Anne* reicht mir ein Papiertaschentuch. Ich schnäuze mich und rede weiter. Ich erzähle ihnen von der Party und dass ich meine beste Freundin nicht enttäuschen wollte, und wie sehr ich Shoppingtouren hasse und protzige Glitzer- und Rüschenkleider und kreischende Tanten, die um einen herumglucken.

Fast alles erzähle ich ihnen.

Nur das von Alex nicht.

Kapitel 6

»Was willst du hier?« Kelly erstarrt, als sie mich sieht.

Ich warte beim Fahrradständer auf dem Parkplatz ihres Wohnblocks auf sie. Dahinter ist ein kleiner Garten, in dem die Bewohner sitzen können, wenn sie frische Luft schnappen wollen, aber niemand scheint sich darum zu kümmern. Kelly ist heruntergekommen, um ihr Rad für den Schulweg zu holen, und sie ist nicht darauf gefasst, mich hier anzutreffen.

»Ich hab ein neues Telefon«, sage ich hoffnungsvoll und halte es ihr vor die Nase. »Also nicht wirklich neu, wie du siehst. Es ist Elifs altes Telefon. Du kannst mir jetzt wieder SMS schicken ... wenn du willst.«

»Will ich aber nicht, Zeyneb«, sagt Kelly und geht einfach an mir vorbei.

Es ist kalt für einen Aprilmorgen. Eine dünne Schicht Raureif liegt auf den Autos und unser Atem verwandelt sich in kleine Dampfwölkchen. Ich bin extra früh aufgestanden, um Kelly noch rechtzeitig abzupassen, bevor sie in die Schule fährt.

»Ich ... ich ... ich ...« Aber ich finde die Worte nicht.

Kelly geht zu ihrem Rad, beugt sich hinunter und fummelt am Schloss herum.

Ich hole tief Luft. »Es tut mir leid, Kel. Wirklich. Ich hätte das alles nie zu dir sagen dürfen.«

Ich warte. Eine Ewigkeit.

Kelly steht immer noch gebückt über ihrem Rad und ohne mich anzusehen sagt sie schließlich: »Warum hast du's dann getan? Warum hast du gesagt, ich hätte keine richtige Familie? Denkst du so über mich?«

»Weil ... weil ... weil ich eine dumme Kuh bin. Und weil ich wütend auf meine Eltern war, und das hab ich an dir ausgelassen. Es tut mir leid.«

»O nein.« Kelly schaut auf und stößt ein entrüstetes Lachen aus. »Damit kommst du bei mir nicht durch. Oder glaubst du, du kannst alles ungeschehen machen, nur weil du sagst, dass es dir leidtut?«

Ich drücke die Schultern durch und hebe den Kopf. Ich habe mit Kelly noch nie über meine Familie gesprochen, jedenfalls nicht richtig. Ich habe ihr nie erzählt, wie das bei uns ist. Von Respekt und Scham, von den Erwartungen, die man an mich hat. Nicht weil Kelly von diesen Dingen nichts versteht oder weil es keine Bedeutung für sie hätte, sondern weil wir in unserer Familie (und unserer Kultur) andere Wertvorstellungen haben. Ich nehme meinen ganzen Mut zusammen.

»Ich kann dir sagen, warum ich so ausgerastet bin«, fange ich an. »Ich war sauer, weil ich meine Eltern anlügen musste, damit ich zu deiner Party kommen konnte, und weil sie's rausgekriegt haben und seither total dicke Luft zu Hause war. Manchmal ist es so kompliziert, in meiner Familie zu leben, dass ich nicht weiß, wie ich es erzählen soll. Ich finde einfach keine Worte dafür. Weil ich Eltern habe, eine Schwester, Tanten, Cousinen – was immer du willst –, auf die ich praktisch in allem, was ich mache, Rücksicht nehmen muss.«

»Ja und? Nur weil du eine große Familie hast, muss dein Leben noch lange nicht komplizierter sein als meines. Oder realer«, sagt sie und steht auf.

»Nein, nein, natürlich nicht. Das hätte ich nicht sagen dürfen, ich weiß. Aber bei dir ist es anders, Kelly – du darfst immer mehr machen, je älter du wirst, du hast mehr Freiheiten. Bei uns ist es genau das Gegenteil. Je älter wir werden, desto weniger dürfen wir machen, desto mehr Rücksicht müssen wir auf alles und jeden nehmen. Und das finde ich einfach ungerecht. Wenn ich dich mit deiner Mum sehe, die so cool ist, bin ich manchmal richtig neidisch, weil dein Leben so einfach ist.«

Kellys Augen füllen sich mit Tränen und ich starre sie erschrocken an. Kelly ist taff – sie weint nie. Also wirklich NIE. Alle anderen Mädchen in meiner Klasse brechen irgendwann mal in Tränen aus, wegen schlechter Noten in einem Test oder weil ein Junge mit ihnen Schluss gemacht hat, aber Kelly nie.

»*Mein* Leben und leicht? *Mein* Leben? Du machst Witze! Wenn ich dich anschaue, denke ich immer, wie gut du es hast, dass deine Mum mit einem warmen Essen auf dich wartet, wenn du von der Schule nach Hause kommst. Ein Essen, das sie stundenlang zubereitet hat. Auf mich wartet niemand, ich wärme mir höchstens eine Dosensuppe auf. Manchmal kann ich nachts nicht schlafen, weil ich meine Mum im Zimmer nebenan weinen höre. Und dann wünsche ich mir so, dass mein Vater noch da wäre. Und darauf bist du neidisch?«

Ich mache einen Schritt auf sie zu, aber Kelly weicht zurück.

»Aber du ... du hast noch nie ... du sagst nie was ...«

»Ja, genauso wenig wie du. Was hast du mir je über deine Familie erzählt?«

»Von jetzt an mache ich das. Ich halte nichts mehr vor dir geheim. Ehrenwort. Aber dann musst du mir auch erzählen, wenn es bei dir Probleme gibt.«

Kelly nickt unter Tränen.

Inzwischen weine ich auch. »Es tut mir so leid, Kel. Ich hätte das alles nicht sagen dürfen, aber was soll ich tun? Ich kann die Zeit nicht zurückdrehen und es ungeschehen machen.«

Laut schniefend wischt Kelly sich die Nase mit dem Handrücken ab. »Du versinkst immer so in Selbstmitleid, dass du gar nicht mitkriegst, wie es anderen Leuten geht. Ehrlich, wenn ich du wäre, würde ich mich zurücklehnen und mir dazu gratulieren, wie gut ich es habe.«

Ich nicke so heftig, dass mir fast der Kopf abfällt, und die Tränen strömen mir übers Gesicht. Ich will alles tun, was Kelly von mir verlangt, Hauptsache, sie verzeiht mir.

Kelly macht eine komische kleine Kopfbewegung, die ich als Bestätigung nehme, dass wir wieder Freundinnen sind. Ich gehe zu ihr und diesmal darf ich meine Arme um sie legen und sie umarmt mich zurück. Unsere letzten Schniefer versiegen und wir fangen uns wieder.

»Und? Bist du fit für den Französischtest heute?«, frage ich, als wir endlich unsere Räder nehmen.

»O nein ...«

Kapitel 7

Ich schaue auf die Wanduhr in unserem Klassenzimmer vorne. Noch genau zwanzig Minuten bis zum Läuten. Mr Rubens hat eine Konferenz, deshalb hat er uns in der letzten Stunde allein gelassen. Wir haben einen Stapel Matheaufgaben bekommen, die wir bis morgen fertig machen sollen. Ich sitze in der dritten Reihe von vorne, hinter Kelly. Alex ist hinter mir und ich weiß, dass er mich beobachtet. Nicht die ganze Zeit, wie ein Stalker oder so, aber immer mal wieder. Woher ich das weiß? Keine Ahnung. Ich weiß es einfach. Obwohl ich mich natürlich nicht zu ihm umdrehe, weil ich mich ja dann verraten würde. Aber in meinem Rücken ist eine Stelle, die alle paar Minuten ganz warm wird, und dann weiß ich, dass er mich anschaut.

Christine spielt einen Song auf ihrem Handy ab und übt mit Julie einen Tanz neben Mr Rubens Pult ein.

»Kelly, willst du nicht auch mitmachen?«, ruft sie.

»Nicht jetzt«, sagt Kelly und deutet auf das Buch, das ich ihr zum Geburtstag geschenkt habe und das offen vor ihr liegt.

»Zeyneb?«

Ich schüttle den Kopf. Als ob ich das könnte – einfach aufstehen und vor der ganzen Klasse herumtanzen. Noch dazu mit Alex hinter mir! Ich schaue auf meine Matheaufgaben hinunter.

»Ach komm schon«, drängt Christine. »Das kannst du doch zu Hause fertig machen.«

»Nein, echt nicht«, sage ich. »Ich kann nicht tanzen.«

Christine versucht ihr Glück bei einem anderen Mädchen.

Mustafa und David kleben ein paar Tische vor mir zusammen. Sie denken, dass sie flüstern, aber ich verstehe jedes Wort.

»Und Celeste?«, fragt David.

Ich sehe, wie ihre Blicke verstohlen zu Celeste hinüberwandern.

»Fünf oder sechs«, sagt Mustafa.

»Sechs. Eindeutig sechs.« David nickt zustimmend und kritzelt etwas in ein Heft, das vor ihm liegt.

»Und Nicole?«

Geben diese Blödmänner den Mädchen Noten oder was? Celeste hat jedenfalls mehr verdient als nur sechs Punkte – sie ist bildhübsch. Dann erschrecke ich über mich selber – was sind das für Gedanken? Ich bin ja noch schlimmer als die beiden.

Ich konzentriere mich wieder auf Mathe oder versuche es zumindest.

»Und Zeyneb?«, höre ich David fragen.

Ich hebe den Kopf und funkle die beiden an. »Passt auf, was ihr sagt«, rufe ich böse.

Sie starren mich einen Augenblick an, dann rücken sie wieder zusammen und flüstern etwas. Lautes Gelächter dringt an mein Ohr.

In mir schießt die Wut hoch. Ich stelle mir vor, was Kelly an meiner Stelle tun würde, schiebe meinen Stuhl zurück und gehe zu den beiden hinüber. Ohne zu überlegen, beuge ich mich von hinten über sie, den Mund dicht an ihrem Ohr. »Habt ihr kein eigenes Leben oder was?«, sage ich laut.

Die beiden fahren erschrocken hoch. Und weil sie so eng zusammenkauern, knallen sie mit den Köpfen aneinander.

»Autsch!« Verdattert reiben sie sich die Stirn und ich nutze die Chance, greife nach vorne und grapsche mir das Heft. Dort stehen alle Mädchen aus unserer Klasse, schön säuberlich untereinander: Julie, Christine, Kelly, Celeste, Nicole, Zeyneb ... Neben meinem Namen steht eine 7,5.

Das bringt mich aus dem Konzept, aber ich verdränge es schnell. Wofür halten die uns eigentlich? Wir sind doch keine Zuchtschafe! Ich reiße die Seite heraus, knülle sie zusammen und knalle das Heft vor sie hin.

»Hey, das ist mein Matheheft«, jammert David.

»Na und? Dann nimm's gefälligst auch für Mathe«, zische ich, bevor ich an meinen Tisch zurückgehe.

Hinter mir kichert jemand. Alex. »Was haben sie gemacht?«, fragt er mich.

Ich drehe mich zu ihm um. »Den Mädchen Punkte gegeben – von eins bis zehn.«

»Idioten«, sagt er.

Ich nicke zufrieden.

»Und wie viele haben sie dir gegeben?«

Ich zucke die Schultern – will es eigentlich nicht sagen. Aber Alex findet es sowieso heraus. »Siebeneinhalb.«

»Nur siebeneinhalb? Hä? Sind die blind oder was?«

Ich beuge mich schnell über mein Heft, damit er nicht sieht, dass ich rot werde. Alex findet siebeneinhalb zu wenig für mich. Wahnsinn. Ich sitze da, grinsend, die Hand vor dem Mund, damit es niemand sieht.

Dann dringt wieder Alex' Stimme an mein Ohr. »Hilfst du mir bei der Aufgabe hier?«

Ja, klar will ich ihm helfen. Obwohl ich genau weiß, dass er mich nicht braucht. Er ist der Einzige in der Klasse, der in Mathe bessere Noten schreibt als ich. Aber irgendwie sträubt sich etwas in mir, zu ihm hinzugehen. Ich weiß genau, dass Mathe nur ein Vorwand ist. Er will mich neben sich locken und das geht nicht. Gerade neben ihm darf ich auf keinen Fall sitzen.

Ich drehe mich zu ihm um und sage möglichst beiläufig: »Und bei welcher?«

»Nummer acht. Muss ich diese Minuszahl in eine Pluszahl umwandeln, bevor ich sie multipliziere, oder nicht?«

Ein paar von den anderen werden hellhörig und lauschen auf unser Gespräch. Ich will nicht, dass uns alle anstarren. Immer sind sie auf Horchposten, bauschen alles auf. *Starrt mich nicht so an*, würde ich ihnen am liebsten zuschreien. Aber ich sage natürlich nichts.

»Weiß nicht, Alex. Ich bin noch nicht bei der Aufgabe«, lüge ich stattdessen.

Ich senke meinen Blick wieder auf die Seite vor mir, um mich aus der Schusslinie zu bringen. Gleichzeitig kann ich den Gedanken nicht ertragen, dass unser Gespräch damit beendet ist. Mein Magen krampft sich zusammen, so angestrengt warte ich darauf, dass Alex noch was sagt. Dass er mich wieder anspricht: *Hey, Zeyneb!* Ich starre auf die Zahlen, sehe aber nur einen verschwommenen blauen Fleck.

Dann scharrt ein Stuhl über den Boden und plötzlich steht er direkt hinter mir. Ich rieche sein Deo, mit Pfefferminz vermischt – er kaut Kaugummi. Ich spüre die Hitze, die sein Körper abstrahlt, durch meine Kleider hindurch. Seine Hand greift über meine Schulter und er lässt sein Übungsheft vor mir auf den Tisch fallen. Dann zieht er einen Stuhl neben mich. Er setzt sich, beugt sich zu mir vor, als wollte er in das Heft schauen, und sein Schenkel berührt meinen unter dem Tisch.

Ich zucke zusammen und rücke so weit wie möglich von ihm ab, bis ich praktisch am Tischbein klebe. Aber Alex' Gesicht ist immer noch viel zu nahe und sein linker Arm liegt lässig über meiner Stuhllehne.

»Die hier«, sagt er und deutet auf die Seite.

Die Lösungen sind schon eingetragen: 375, 21. Die gleichen Zahlen wie meine. Hoffentlich hört er nicht, wie mein Herz klopft.

Ich nehme meinen Kugelschreiber und senke den Kopf, damit er denkt, dass ich in die Aufgabe vertieft bin. Ich kann mich nicht rühren, bin wie versteinert.

»Ich wollte dich anrufen, aber du bist nicht ans Telefon gegangen«, flüstert er dicht an meinem Ohr. Ich spüre seinen
Atem im Nacken. *Schrei nicht, Zeyneb. Nicht schreien, okay?* Ich
sehe ihn nicht an.

Die unbekannte Nummer war also doch seine. »Ich ...
ähm ... ich hatte Probleme mit meinem Handy.«

Alex wirft mir einen Blick von der Seite zu und sein Pony
fällt ihm übers Auge. »Ich wollte dich fragen, ob du mit mir auf
den Rummelplatz gehst.«

Ich beiße mir so fest auf die Unterlippe, dass ich blute. Ich
will nicht vor seinen Augen losheulen, und was ich jetzt sagen
muss, ist einfach schrecklich: »Ich kann nicht, Alex.«

»Warum nicht?«

»Weil ich nicht darf ...«

»Was? Du darfst nicht auf den Rummelplatz?«

»Nicht mit einem Jungen«, wispere ich.

Alex' Hand gleitet an meiner Stuhllehne entlang und seine
Finger berühren meinen Rücken. Ich setze mich kerzengerade
auf. Meine Haut steht in Flammen, als hätten seine Finger ein
Loch in mein T-Shirt gebrannt. *So darf sich das nicht anfühlen,*
sage ich mir streng.

»Soll das heißen, du darfst überhaupt nirgends mit einem
Jungen hingehen?«, fragt Alex. Seine Stimme klingt jetzt neu-
gierig.

»Na ja, manchmal schon, in einer Gruppe oder so. Wenn wir
zum Beispiel mit der ganzen Klasse ins Kino gehen. Das würden
sie mir schon erlauben.«

»Dann sag doch einfach, dass du mit der ganzen Klasse ins Kino gehst.«

»Ich kann meine Eltern nicht anlügen, Alex. Das geht nicht, echt nicht.«

»Dann gehen wir in der Gruppe hin. Du fragst Kelly, Julie und Celeste. Und ich bringe ein paar Jungs mit. Das ist doch dann okay?«

»Ich weiß nicht. Es wäre trotzdem irgendwie unehrlich.«

»Wenn du mitgehst, beweise ich dir, dass es okay ist. Wir treffen uns als Freunde, sonst nichts. Also, kommst du? Versprich's mir.«

Ich muss lachen, kann nichts dagegen tun. »Ich weiß nicht, ob ich mitkommen darf.«

»Ach komm schon«, drängt er. »Sag Ja.«

»Warum brauchst du jetzt sofort eine Zusage?«

»Darum. Also – versprochen?« Alex lacht. Gutmütig. Und obwohl ich ihn nicht anschaue, sehe ich seine weißen Zähne und das Lachgrübchen in seiner Wange vor mir und ich schmelze wieder dahin vor *Staunen und Ehrfurcht.*

Also riskiere ich einen Blick. Ganz kurz nur. Weniger als eine Sekunde, denn zu mehr reicht mein Mut nicht aus. Alex lächelt mich an. Ich will, dass er mich wieder anfasst. Dass sein Schenkel meinen streift. Aber gleichzeitig will ich, dass er wegschaut, weggeht. Denn wenn er mich so ansieht, weiß ich nicht, was ich machen soll.

»Mal sehen«, sage ich.

»Und gibst du mir Bescheid?«

Ich nicke.

»Wann?«

»Jetzt geh endlich!«

»Wann?«, beharrt er.

»Ich schreib dir eine SMS. Okay?«

»Wann?«

»Idiot!« Ich lache und er auch.

Dann läutet die Glocke und ich bin gerettet. So froh war ich in meinem ganzen Leben noch nie, dass eine Stunde zu Ende ist.

Kapitel 8

Gestern war ein richtig guter Tag. Na ja, gut und schlecht zugleich. Alex hat mich gefragt, ob ich mit ihm auf den Rummelplatz gehe, und das ist gut. Aber gleichzeitig auch schlecht. Weil es bedeutet, dass ich schon wieder mit dem Gedanken spiele, *Baba* und *Anne* anzulügen. Ich bin die ganze Zeit hin und hergerissen. Manchmal denke ich, dass ich das Richtige tun und Alex sagen werde, dass ich nicht mitkann, und dann bin ich sehr stolz auf mich. Aber im nächsten Moment sehe ich sein Lächeln vor mir oder wie er im Park Fußball spielt oder wie er mir sagt, dass ich mehr als siebeneinhalb Punkte verdient habe, und dann sind meine guten Vorsätze wie weggeblasen.

Gestern Abend, als ich von der Schule gekommen bin, haben meine Eltern mir gesagt, dass meine Großmutter – *Babas* Mutter – zur Hochzeit meiner Cousine kommt. Sie fliegt extra aus der Türkei hierher. Heute Morgen ist *Baba* zum Flughafen gefahren, um sie abzuholen. Ich habe ihn angebettelt, dass er mich mitnehmen soll, aber er wollte nicht, dass ich die Schule schwänze.

Und jetzt ist sie da. Ich sitze auf dem Boden in ihrem Schlafzimmer, den Rücken an ihre Knie geschmiegt. Meine Haare hängen lose über meine Schultern. *Babaanne* – das heißt Großmutter auf Türkisch – sitzt auf dem Bett und flicht mir die Haare. Das machen wir immer so, wenn sie zu Besuch kommt. Jedes Mal.

Sobald das ganze Begrüßungsgeschrei vorbei ist – und die Geschenke ausgetauscht, Tee getrunken und Kuchen gegessen – fragt *Babaanne* mich, ob ich mit in ihr Zimmer kommen und ihr beim Auspacken helfen will. Dann sitzen wir so da wie jetzt. Sie flicht meine Haare, wie sie die Haare ihrer Schwestern geflochten hat, als sie noch jung waren (*Babaanne* hatte nie eine eigene Tochter), und dann erzählen wir uns alles, was in der Zwischenzeit passiert ist.

»Ich muss dich was fragen«, fange ich auf Türkisch an, der einzigen Sprache, die sie beherrscht. *Babaanne* ist außer Elif die Einzige in der Familie, der ich solche Fragen stellen kann, ohne dass sie gleich in Ohnmacht fällt. Manchmal habe ich das Gefühl, nur die Jungen und die Alten können zuhören, und die in der Mitte nicht. Ich frage mich, ob ich auch mal so werde, wenn ich in *Babas* und *Annes* Alter bin. Und war meine Großmutter auch mal so?

»Was denn, *kizim*?«, sagt sie.

Meine Haare, die mir halb über den Rücken hängen, werden beim Flechten in alle Richtungen gezerrt und gezogen. Es tut weh, ist aber erträglich und deshalb sage ich nichts. *Babaannes* Knie bohren sich in meinen Rücken, ich sitze nicht gerade bequem und trotzdem würde ich jetzt mit nichts und niemandem auf der Welt tauschen. Das ganze Zimmer riecht nach Erde. Trockener Erde. Staub. Ein Geruch, den *Babaanne* überallhin mitnimmt – der Geruch ihres Gartens.

Meine Großmutter lebt in einem kleinen Haus, das auf einem Hang in einem trockenen, staubigen Dorf liegt. Dort hat *Baba* seine Kindheit verbracht. Eine lange, kurvige Straße voller Schlaglöcher führt hinauf, und wenn man um die letzte Biegung fährt und das Dorf in Sicht kommt, sieht man sofort ihr Haus. Alle anderen Häuser sind schmutzig weiß und verschmelzen praktisch mit dem Fels dahinter, nur ihres nicht. Es sticht meilenweit hervor. Ihr Garten ist voller Blumen: Dunkelrosa Bougainvilleen überwuchern das halbe Haus und überall leuchten gelbe Margeriten, rote Rosen und knallpinke Geranien. *Babaanne* hat Blumen im Garten, die andere Leute in der Türkei nie anpflanzen würden. Wir schicken ihr immer kleine Samentütchen mit der Post und sie bringt sie mit massenhaft Wasser und Mühe zum Blühen, bis es eine wahre Pracht ist. Vor ein paar Jahren musste mein Vater ihr ein Bohrloch in ihrem Hinterhof bezahlen, damit sie genug Wasser für ihre Pflanzen hat. Und zwischen den vielen Blumen baut sie Zucchini, Auberginen, rote Paprika, Gurken, Kürbisse, Tomaten, Zwiebeln und Karotten an – also praktisch einen ganzen Gemüseladen.

Babaanne hält auch Hühner und Gänse, und ein paar Ziegen für die Milch. Einmal ist eine Ziege aus ihrem Pferch ausgebrochen und hat den halben Blumengarten aufgefressen. *Babaanne* hat noch am selben Wochenende ein Grillfest gemacht und alle Nachbarn zum Ziegenbraten eingeladen. Ein paar Männer im Dorf haben ihren Zaun repariert und sie hat ein richtiges Hochsicherheitsgefängnis aus dem Pferch gemacht, bevor sie eine neue Ziege kaufte. Ihre Blumen durften auf keinen Fall wieder diesen gefräßigen Tieren zum Opfer fallen.

Babaanne ist vor ein paar Jahren zu uns gezogen, aber sie hat es nur wenige Monate ausgehalten. Sie konnte sich hier einfach nicht eingewöhnen. Die Autos und Läden und das Fernsehen. Natürlich gibt es das alles auch in der Türkei, aber es gehört einfach nicht zu Babaannes Lebensalltag. Wie heißt es immer: Einen alten Baum verpflanzt man nicht. Und Babaanne ist ein uralter, sehr großer Baum, der sich einfach nicht hierher verpflanzen ließ.

Nur eines liebt Babaanne noch mehr als ihren Garten – tanzen. Sobald irgendwo Musik erklingt, egal welche, fängt sie an sich zu bewegen – tippt mit den Zehen, schwenkt ganz leicht ihre Hüften, schnalzt mit den Fingern, bewegt den Kopf. Mein Vater sagt, als junges Mädchen war sie die beste Tänzerin weit und breit – von vielen, vielen Dörfern. Die Leute seien ganz still geworden, wenn sie zu tanzen anfing.

Jetzt hat sie eine schlimme Hüfte und braucht einen Gehstock, aber sie kann immer noch nicht stillhalten. Kaum legt man ein gutes türkisches Lied auf, ist sie wie elektrisiert. Sie steht auf und tanzt auf der Stelle, auf ihren Gehstock gestützt, und manchmal krümmt sie sich vor Schmerzen, aber sie tanzt trotzdem. Es ist unglaublich, das schwöre ich.

»Erzähl mir, was dich bedrückt«, sagt *Babaanne* jetzt und zerrt an einer meiner Haarsträhnen. »Ich sehe doch, wie verkrampft deine Schultern sind und deine Nackenmuskeln auch.«

Zwei starke Finger packen meinen Nacken und fangen an zu kneten. Ich zucke zusammen, weil es irgendwie wehtut, aber gleichzeitig fühlt es sich auch gut an.

»Hast du je ein Kopftuch getragen, *Babaanne*?«

Meine Großmutter hat langes schwarzes Haar mit silbernen Strähnen darin, das sie zu einem Knoten hochsteckt. Wie viele türkische Frauen trägt sie kein Kopftuch. In der Türkei gilt das heutzutage als altmodisch, als konservativ, und bei manchen Leuten sogar als rückständig. Hier in England tragen viel mehr Frauen Kopftuch als in der Türkei. Laut Elif liegt es daran, dass sie sich nicht von ihrer alten Heimat lösen können. Deshalb klammern sie sich an eine Tradition, die gar nicht mehr existiert. *Anne* sagt, die Frauen halten an ihren Traditionen fest, weil sie in einem Land mit anderen Werten leben.

»Ja, doch, vor langer Zeit, als ich noch ein junges Mädchen war, ein bisschen älter als du jetzt«, sagt *Babaanne*. »Damals haben alle Frauen Kopftuch getragen.«

»Und wie war das für dich?«

»Wie es war?«, wiederholt sie. »Mhmm, lass mich mal nachdenken. Ich glaube, es war irgendwie ein Schutz. Nicht vor der Sonne oder so – das natürlich auch –, sondern vor ... Wie soll ich es ausdrücken? Vor allem Schlechten in dieser Welt. Es war wie eine laute, klare Botschaft an alle: Das hier ist ein gutes

Mädchen. Sie kommt aus einer guten Familie und hält ihre Religion in Ehren. Komm ihr ja nicht zu nahe, nichts Böses darf an sie heran. Ja, ich glaube, so war das mehr oder weniger.«

»Aber das ist doch ein gutes Gefühl, oder nicht?«, frage ich verwirrt. Wenn das Kopftuchtragen nur Vorteile hat, warum ist *Babaannes* Kopf dann unbedeckt?

»Ja, es ist ein gutes Gefühl, Zeyneb.«

»Warum trägst du dann keins mehr, wenn du dich damit so beschützt gefühlt hast?«

»Natürlich ist es was Schönes, wenn man sich beschützt fühlt, aber ...« *Babaanne* hält inne.

»Aber was?«

»Stell dir mal eine Herde Gazellen vor«, sagt sie.

»Eine Herde Gazellen?«

»Ja, so wie die, die wir gesehen haben, als du letztes Jahr zu Besuch warst. Weißt du noch?«

Ich nicke.

»Also, in jeder Herde ist die Hälfte der Tiere in ständigem Alarmzustand. Sie achten auf jedes Geräusch, jeden raschelnden Grashalm, jeden knackenden Zweig, und sind immer fluchtbereit. Diese Gazellen sind sehr wichtig für die Herde. Sie garantieren ihre Sicherheit. Die andere Hälfte dagegen wagt sich ein bisschen weiter hinaus, um an grüneres, saftigeres Gras heranzukommen, selbst auf die Gefahr hin, von einem Bären oder einem Wolf verschlungen zu werden. Und natürlich werden diese Gazellen auch am häufigsten gefressen. Die Vorsichtigen, die immer gleich davonrennen, enden fast nie im Magen anderer Tiere. Aber der springende Punkt ist, dass beide Gazellenarten gebraucht werden. Die Vorsichtigen, damit die Herde in Frieden grasen kann, und die Wagemutigen, damit sie neue Weiden finden.«

Babaanne schweigt und lässt mich nachdenken. »Und du gehörst zu den Gazellen, die grüneres Gras finden?«, sage ich schließlich.

»Ja, ich glaube schon. So bin ich.«

»Und deshalb trägst du kein Kopftuch mehr?«

»Na ja, nicht direkt.« *Babaanne* lacht. »Ich hatte damals keine Ahnung, was ich für eine Gazelle bin. Eigentlich war ich nur eine Babygazelle, so wie du jetzt – eine, die bloß hinterherläuft –, und ich habe einfach gemacht, was die anderen machen.«

»Und weshalb hast du das Kopftuch dann abgenommen?«

»Eines Tages war ich mit meinen Schwestern auf dem Feld draußen, um Kichererbsen zu pflücken. Wir hatten unsere Ziege mitgenommen, damit wir mittags frische Milch trinken konnten. Die Ziege war an einem Baum festgebunden, hat sich aber irgendwie losgerissen und plötzlich stand sie neben mir und wollte ein Stück von meinem Kopftuch abbeißen. Es war grün und vielleicht hat sie es für Gras gehalten, was weiß ich. Auf jeden Fall hat sie mir das ganze Tuch vom Kopf gerissen und aufgefressen. Was sollte ich machen? Nach Hause zurück konnte ich nicht – der Weg war zu weit, um schnell hinzulaufen und ein neues Kopftuch zu holen. Ich hab also einfach eine Schnur genommen, mein Haar damit hochgebunden und weitergepflückt. Allerdings erst nachdem meine Schwestern sich wieder beruhigt hatten. Die fanden es nämlich zum Totlachen. Und na ja, dabei habe ich festgestellt, dass ich ohne das hinderliche Kopftuch um mein Gesicht und meine Schultern viel besser arbeiten konnte. Außerdem war es auch kühler. Von diesem Tag an habe ich nie wieder eins aufgesetzt.«

»Und was haben deine Eltern dazu gesagt?«

»Die waren natürlich nicht erfreut, weil sie das Geschwätz der Nachbarn und Verwandten fürchteten. Und weil sie Angst hatten, dass ich keinen anständigen Mann bekommen würde. In der ersten Zeit haben sie mir das Leben schwergemacht, aber ich stand zu meiner Entscheidung. Ich war immer noch dasselbe Mädchen, ob mit Kopftuch oder ohne. Ich habe meine Eltern geachtet und nichts mit Jungen angefangen und nach einer Weile hatten sich alle dran gewöhnt. Das Schlimmste, was mir nachgesagt wurde, war Dickköpfigkeit. Und das stimmte ja auch. Ich war wirklich dickköpfig. Aber das muss nichts Schlechtes sein, verstehst du, *kizim?*«

»Und dann? Hast du doch noch einen anständigen Jungen gefunden, der dich heiraten wollte?«

»Glaubst du etwa, ich hätte herumgesessen und darauf gewartet, dass das süße grüne Gras zu mir kommt, *kizim?* Nein, ich habe mir selbst einen anständigen Jungen gesucht, den ich heiraten wollte. Das hat allerdings eine Weile gedauert. Alle meine Schwestern waren bereits verheiratet und meine Eltern befürchteten schon, dass sie mich bis in alle Ewigkeit am Hals haben würden.«

»Und ich, *Babaanne*, was bin ich für eine Gazelle?«

»Diese Frage kannst du dir nur selbst beantworten. Und kein anderer.«

»Aber ich weiß es eben nicht. Das ist ja das Problem.«

»Wirklich? Ist das ein Problem?«

»Ja, weil ich nicht weiß, wer ich bin.«

»Ich glaube, du packst es verkehrt herum an, *kizim*. Was kann es Schöneres geben, als im Lauf der Zeit herauszufinden, wer man ist? Nimm es als Herausforderung und nicht als Problem.«

Ich lächle, weil ich weiß, dass *Babaanne* ein Lächeln von mir erwartet, obwohl sie mein Gesicht gar nicht sehen kann. Aber ausnahmsweise bin ich nicht voll und ganz mit ihr einverstanden, wie sonst immer. Was heißt hier schön? Vielleicht war das mal in ihrer Jugend so, aber bei mir bestimmt nicht.

Kapitel 9

Es ist Freitagnachmittag, mein liebster Tag in der Woche. Die Schule ist aus. Keine Hausaufgaben. Meine Mum, *Babaanne* und ich haben unsere rituelle Waschung gemacht und unsere Gebete verrichtet. *Anne* kocht ein großes Essen, das fertig sein muss, wenn *Baba* von der Moschee zurückkommt. Elif und die Kinder kommen auch zum Essen herüber, aber ich esse heute Abend nicht mit ihnen.

Ich darf mit Kelly ins Kino gehen! Jippie!

Ich musste meine Eltern eine ganze Stunde lang anbetteln, bis sie Ja gesagt haben. Wir schauen uns den Film an, von dem alle so schwärmen.

Ich bin in meinem Zimmer und mache mich ausgehfertig. Jeans und ein sauberes T-Shirt. Ich stehe vor dem Spiegel, checke meine Haare. Mein Blick fällt auf das hellblaue Kopftuch, das zusammengefaltet auf meinem Nachttisch liegt. Ich nehme es hoch und schlinge es mir um den Kopf. Nur mal probieren, wie es aussieht. Und wie es sich anfühlt. Stirnrunzelnd schaue ich das Mädchen im Spiegel an, dann gehe ich in *Annes* Schlafzimmer und nehme ein anderes Kopftuch von ihrem

Schrank herunter, ein dunkelblaues. Als ich wieder vor meinem Spiegel stehe, setze ich das dunkle als Erstes auf und darüber das hauchzarte, das *Anne* mir gekauft hat. Ein doppeltes Kopftuch.

In letzter Zeit tragen viele Mädchen ihre Kopftücher so – zwei abgestufte Farbtöne, die zusammen einen coolen Look ergeben. Dieser Look schwebt mir vor, aber von wegen. Meine Kreation sieht aus, als balancierte ich zwei Putzlappen auf meinem Kopf. Zu blöd, dass niemand da ist, der mir zeigen kann, wie man das hinkriegt. Ich würde ja zu *Babaanne* im Zimmer nebenan gehen, aber ich glaube kaum, dass sie sich mit neuen Kopftuchmoden auskennt. Und meine Mum ... Also nein, wie *Anne* möchte ich auf keinen Fall aussehen. Ihre Kopftücher sind meistens geblümt. Grässlich. Wie man ein cooles doppeltes Kopftuch hinkriegt, davon hat sie garantiert keine Ahnung.

Ich höre die Türklingel unten und ein paar Sekunden später Mums Stimme an der Tür.

»Guten Abend, Mrs Ozturk«, sagt Kelly. Es klingt total steif und förmlich.

»Guten Abend, Kelly. Schön, dich zu sehen. Zeyneb ist oben in ihrem Zimmer.«

Ich höre Kellys Schritte auf der Treppe, leise und respektvoll, nicht wie in der Schule, wo sie wie eine Irre hochstürmt und immer zwei Stufen auf einmal nimmt. Ich hätte ihr nie zugetraut, dass sie wie ein normaler Mensch die Treppe raufkommen kann. Ich dachte immer, das sei ihr körperlich unmöglich.

Meine Hände fliegen zu der missglückten Kopftuch-Konstruktion hoch, aber Kelly stürzt ins Zimmer, bevor ich die »Putzlappen« herunterreißen kann. »Jetzt mach schon, du lahme Ente. Der Bus kommt in fünfzehn ...«

Abrupt bleibt sie stehen und starrt mich an.

Ich drehe mich vom Spiegel weg, schaue sie an und beiße mir auf die Unterlippe.

»Das willst du doch nicht im Ernst anziehen?«, sagt Kelly ungläubig.

»Was?«, frage ich zögernd und schaue auf den Boden. Dann nehme ich meinen ganzen Mut zusammen und erwidere ihren Blick.

»Das Kopftuch. Seit wann ...«

»Findest du, dass ich keins tragen sollte?«

Kelly mustert mich von oben bis unten, als sähe sie mich zum ersten Mal. Ihre Stirn ist in Falten gelegt, ihre Augen sind ganz groß. »Ich weiß nicht. Mir war nicht klar, dass dir so was wichtig ist ...«

»Ich probiere es doch nur an. Weil ich zu einer Entscheidung kommen will, verstehst du?«

»Was für eine Entscheidung?«

»Ob ich zu den Mädchen gehören möchte, die Kopftuch tragen.«

Ich warte auf eine Reaktion. Schock. Gelächter. Aber nichts. Kelly starrt mich nur an.

»Ja, und? Willst du's?«, fragt sie schließlich.

Ich zucke die Schultern. »Weiß noch nicht. Was meinst du?«

»Keine Ahnung. Ich bin echt die Letzte, die du um Rat fragen kannst.«

»Nein, wieso? Du bist meine Freundin und was du denkst, ist mir wichtig.«

»Ich weiß es aber nicht, Zeyneb. Ich weiß nicht, was ich denken soll. Ich hab dich noch nie so gesehen.«

»Findest du es blöd?«

»›Blöd‹ ist nicht der richtige Ausdruck, es ist nur ...«

»Was denn?«

»Ich denke, ich kann mich dran gewöhnen, wenn du das wirklich willst, aber ... na ja, für die anderen macht es vielleicht schon einen Unterschied ...«

»Was für einen Unterschied?«

Kelly kommt weiter ins Zimmer herein und setzt sich auf mein Bett. »Also wie die Leute dich sehen und so.«

»Und wie würden sie mich sehen?«

Kelly zuckt die Schultern. Weicht meinem Blick aus. »Ohne Kopftuch halten die Leute dich für ein modernes Mädchen. Sagen sie jedenfalls immer. Aber mit Kopftuch ... na ja, die meisten denken wahrscheinlich, dass du eine arme unterdrückte Muslimin bist, die nicht selbstständig denken kann und immer nur tut, was die Männer ihr sagen. Und für manche bist du vielleicht eine Islamistin.«

»Aber das ist doch nicht wahr«, jammere ich. »Das bin ich doch gar nicht.«

»*Ich* weiß das. Und du auch. Aber die anderen glauben, dass du so bist, wie sie dich sehen. So ist das nun mal.«

Ich ziehe die Kopftücher herunter, zerknülle sie und stopfe sie unter mein Kissen. Kellys Augen folgen meinen Bewegungen. Ausnahmsweise kann ich nicht sagen, was sie denkt. »Dann findest du also, dass ich keins tragen sollte?«, frage ich und beiße mir wieder auf die Lippen.

»Im Augenblick denke ich nur eins: dass wir den Bus verpassen, wenn wir uns nicht beeilen.«

»Oder meinst du, ich sollte doch ein Kopftuch tragen?«, beharre ich.

»Probier's einfach mal aus, damit du weißt, wie es sich anfühlt. Und dann kannst du dich entscheiden.«

Ich grinse sie an. Kelly grinst zurück, aber es ist ein verlegenes Grinsen und ich weiß nicht, wie ich darauf reagieren soll.

Ich drehe mich von ihr weg und schaue in den Spiegel, um meine Haare zu checken. Ich nicke und wir gehen die Treppe hinunter. Meine Mum wartet an der Haustür.

»Wiedersehn, *Anne*«, sage ich.

»Sei vorsichtig und komm nicht zu spät nach Hause. Dein Vater holt dich um acht Uhr ab. Warte am Eingang, wo genug Licht ist«, sagt sie. »Brauchst du noch Geld?«

Ich schüttle den Kopf, küsse ihre Wange und schon sind wir draußen.

»Du bist verrückt«, sagt Kelly.

»Wieso denn?«

»Weil du immer Ja sagen musst, wenn dir jemand Geld anbietet.« Sie lacht. »Dummi.«

Ich klammere mich an meine Popcorn-Box und meine Cola, während ich mich nach dem richtigen Saal umsehe. »Es ist Nummer neun, oder?«, frage ich Kelly.

Aber Kelly ist nicht mehr neben mir. Ungefähr fünf Schritte hinter mir bleibt sie abrupt stehen. »Guck mal, wer da ist«, sagt sie langsam und bedeutungsvoll.

Ich scanne die Menge, aber ich errate schon an ihrem Tonfall, wen sie meint. Das Herz sackt mir in die Schuhe und mein Magen wird bleischwer. Ich will nicht, dass er hier ist. Will nicht mit ihm reden und ihn anlächeln müssen, bis ich innerlich ganz flattrig bin. Das kann ich meinen Eltern nicht antun, nach allem, was letzten Sonntag passiert ist.

Vier Jungs drängen sich an der Wand mit dem Charlie-Chaplin-Poster zusammen. David, Jamal und Matt aus meiner Klasse und natürlich *er*. Mitten unter ihnen, aber er sticht hervor, als wäre er von tausend Scheinwerfern angestrahlt – Lächeln, Augen, Grübchen und alles.

Er fängt meinen Blick auf, bevor ich wegschauen kann. Mein Magen schlägt einen Salto. Die anderen Jungs stoßen ihn an und lachen, aber sein Gesicht bleibt ernst und er sieht mich einfach über die vielen Leute hinweg an. Seine bescheuerten Freunde würdigt er keines Blickes – bis sie langsam auf uns zukommen, im Pulk, als hätten sie es geübt. Fast wie in einem alten Cowboyfilm oder so – sie haben sogar den gleichen Gang, breitbeinig, machohaft. Wie Jungs eben gehen, wenn sie cool sein wollen, obwohl alle Mädchen hinter ihrem Rücken darüber lachen.

Außer Alex natürlich. Er geht überhaupt nicht. Er schwebt buchstäblich auf mich zu. Ehrlich, ich schwöre es. So was hab ich noch nie gesehen.

Ich reiße meine Augen von ihm los und stoße Kelly an. »Jetzt komm schon«, sage ich flehend. »Lass uns reingehen, damit wir einen guten Platz kriegen.« Ich stelle mir zwei einsame Sitze zwischen zwei fremden Paaren vor, ohne Platz für die anderen, wenn sie nicht auf unserem Schoß sitzen wollen.

»He, pass doch auf!«, ruft Kelly. Ich habe sie am Arm erwischt, so dass sie sich ihre halbe Cola übergeschüttet hat.

»Oh, tut mir leid!«

»Hier, halt mal«, sagt sie genervt und drückt mir ihre Cola in die Hand. »Ich geh schnell aufs Klo und wasch das ab.«

»Nein, Kelly, warte ...«, rufe ich hinter ihr her, aber sie ist schon weg.

Ich wage es kaum, mich wieder zu den Jungs umzudrehen, aber dann sehe ich, dass mir gar keine Wahl bleibt. Da stehen sie. Der ganze Trupp hat angehalten. Kein cooler Gang. Kein Schweben. Alle vier Augenpaare sind auf mich gerichtet. Ich stehe mitten im Foyer, zwei riesige Cola und eine Popcorn-Box in der Hand, und ich reiße die Augen auf wie eine von *Babaannes* Gazellen, wenn sie in einen Gewehrlauf starrt. Alex sagt etwas zu den anderen Typen. Jamal nickt. Matt und David lachen und dann fängt Alex wieder an zu schweben. Auf mich zu. Allein.

Ich will weglaufen. Alles fallen lassen, hier mitten auf den Fußboden, und in ein anderes Kino rennen, wo irgendein langweiliger Film läuft, den nur alte Leute anschauen. Aber ich tu's nicht. Ich stehe einfach da. Klammere mich an meinen Getränken fest. Und starre auf Alex, der weiter auf mich zuschwebt.

Direkt vor mir bleibt er stehen. Er lächelt und ich spüre, wie mich schon wieder *Staunen und Ehrfurcht* überwältigen. Und dann bringe ich kein Wort mehr heraus.

»Reiß dich zusammen, Zeyneb«, ermahne ich mich.

»Was?«, sagt Alex.

O mein Gott! Hab ich das etwa laut gesagt? Ich werde knallrot – so rot wie noch nie in meinem Leben.

Alex runzelt die Stirn, den Kopf leicht zur Seite geneigt.

»Kelly ist auf der Toilette. Sie muss sich die Hände waschen, damit sie nicht klebrig sind«, sage ich.

Was in aller Welt erzähle ich da?

Alex nickt, sieht mich verwirrt an. »Welchen Film wollt ihr anschauen?«

Ich sage ihm den Titel des Films. Zu schnell. Weil sie natürlich in denselben Film gehen, wie mir plötzlich klar wird. Warum hab ich nicht was anderes gesagt? Warum hab ich nicht gelogen? Oder ihn erst mal gefragt, welchen Film er anschauen will? Warum kann ich nicht meinen Verstand gebrauchen, bevor ich den Mund aufmache?

»Wir auch«, sagt Alex und wirft seinen Kopf zu den anderen Jungs herum, die dastehen und uns anstarren. »Celeste und Julie sind auch hier.«

Er wartet, dass ich etwas sage. Aber was?

»Kelly ist auf die Toilette gegangen«, wiederhole ich.

Welcher Vollidiot hat das Kommando über meinen Mund an sich gerissen? Bin ich noch zu retten?

»Wollt ihr bei uns sitzen?«, fragt Alex prompt.

Ich schüttle wütend den Kopf. »Ich kann nicht, Alex. Ich hab's dir doch neulich erklärt. Ich darf nicht ...«

»Du hast gesagt, dass deine Eltern nichts dagegen haben, wenn du in einer Gruppe bist«, unterbricht er mich. »Und wir sind doch eine, oder?«

Ich denke daran, wie Elif und *Babaanne* jetzt zu Hause am Esstisch sitzen, und an die Kopftücher, die zerknüllt unter meinem Kissen liegen. Ich denke an die Gazellen, die immer im Alarmzustand leben, und frage mich, ob es Gazellenmädchen gibt, die einen Gazellenjungen genauso unwiderstehlich finden wie ich Alex. Das alles geht mir im Kopf herum, aber natürlich mache ich nicht das Richtige, sondern nicke stattdessen. Ich sage Ja.

Tut mir leid, *Baba*. Tut mir leid, *Anne*.

Alex lächelt und plötzlich geht alles ganz schnell, als hätte jemand die Vorspultaste gedrückt. Kelly taucht neben mir auf. Jamal, David und Matt stolzieren auf uns zu. Celeste und Julie sind plötzlich auch da und sagen Hi und im nächsten Moment sind wir im Kinosaal und suchen acht freie Plätze. Unter viel Herumblödeln stürmen wir eine der Reihen und quetschen uns ungeschickt an diversen Kniepaaren vorbei. Ich habe dafür gesorgt, dass Kelly direkt vor mir ist, aber als ich meinen Kopf herumreiße und nach hinten schaue, grinst Alex mich an. O nein ... was habe ich nur gemacht?

Ich tippe Kelly auf die Schulter und starre sie Hilfe suchend an. »Was soll ich nur tun?«, hauche ich so leise, dass ich es kaum selbst höre.

»Setz dich einfach hin«, wispert sie zurück.

»Aber ...«

»Aber nichts. Setz dich hin, Zeyneb. Alles ist gut.«

Wirklich?

Ich setze mich, weil mir nichts anderes übrigbleibt, ohne einen Riesenaufstand zu machen.

Alex ist neben mir. Genau der, der auf keinen Fall dort sitzen dürfte. Sondern ein anderes Mädchen, wie *Baba* und *Anne* glauben. Oder eine fremde Person. Vorzugsweise eine Frau.

Ich ziehe meine Ellbogen ein und schiebe meine Hände zwischen die Knie, wild entschlossen, die Armlehne ihm zu überlassen.

Die Musik setzt ein, dröhnt unheilvoll aus den Lautsprechern in den teppichbedeckten grauen Wänden. Die Lichter gehen aus und ein Werbefoto von einem Typ, der selig grinsend eine Flasche Cola schlürft, erscheint auf der Leinwand. Ich kaue auf einem Popcornbällchen herum, aber es schmeckt wie Stroh. Mein Mund ist ganz trocken und ich kann nicht schlucken. Ich räuspere mich. Dann noch mal, aber das Popcorn geht einfach nicht runter.

»Alles okay mit dir?«, flüstert Alex mir ins Ohr.

Ich zucke zusammen. Er ist so nahe, dass ich seinen Atem an meiner Wange spüre. Was in aller Welt machst du da, Zeyneb? *Sitzt hier im Dunkeln und lässt einen Jungen in dein Ohr flüstern?*

Meine Nackenhärchen stellen sich auf und ein Schauer läuft mir über den Rücken. Ich ziehe die Luft ein, aber das bringt mich nur zum Husten und das Popcornbällchen fliegt mir aus dem Mund.

»Was ist denn los?«

»Ich ... ich ... mir ist nicht gut.«

Ich kann das nicht – ich weiß, dass es falsch ist. Ich kann nicht den ganzen Film über hier sitzen und so tun, als ob es okay wäre. Unmöglich.

Bevor ich weiß, was ich tue, springe ich auf und bahne mir blindlings einen Weg auf den Gang hinaus, ohne mich darum zu kümmern, dass ich sämtliche Kniepaare ramme. Hauptsache raus, nichts wie weg von ihm. Ich merke, dass mir jemand folgt und etwas flüstert. Bitte lass es nicht Alex sein, flehe ich stumm. Dann stolpere ich die dunklen Teppichstufen hinauf und spüre zwei Hände an meinen Ellbogen, die mir aufhelfen.

Es ist Kelly. Ich weine fast vor Erleichterung.

Sie hat ihre Hände auf meinen Schultern und schaut mir ins Gesicht, mit großen, besorgten Augen. »Zeyneb, was hast du denn?«

»Ich kann das nicht«, sage ich. »Ich nehme den Bus nach Hause.«

Kapitel 10

Es ist Montag und Kelly und ich haben uns im Schulklo ver-
schanzt. Ich habe sie nicht mehr gesehen, seit ich am Freitag-
abend aus dem Kino gerannt bin. Sie ist übers Wochenende mit
ihrer Mum weggefahren, um Verwandte zu besuchen. Und ich
habe die ganze Zeit vor mich hin gebrütet und mich gefragt, ob
ich richtig gehandelt habe. Wäre es besser gewesen, wenn ich
einfach dageblieben wäre und das Ende des Films abgewartet
hätte? Was wäre daran so schlimm gewesen? Hätte ich meine
Eltern hintergangen, wenn ich Alex einfach ignoriert hätte?
Aber wäre das überhaupt möglich gewesen – ihn zu ignorieren? Wie ein Mühlrad drehen sich diese Gedanken in meinem
Kopf, immer und immer wieder. Es macht mich noch total verrückt.

»Was hat Alex gesagt?«

»Müssen wir das jetzt noch mal durchkauen, Zey? Ich hab
dir doch schon alles am Telefon erzählt.«

»Nur noch ein einziges Mal, Kelly, ich schwör's.«

Kelly seufzt. »Okay, als ich zurückgekommen bin, nachdem
ich dich zur Bushaltestelle begleitet hatte, wollte er wissen, was

mit dir los ist. Ob er was Falsches gesagt oder getan hat oder so.«

»Und?«

»Ich hab ihm gesagt, dass dir nicht gut war und dass du irgendwas ausbrütest.«

»Hat er es dir abgenommen? Ich meine, du hast ihm doch ins Gesicht geschaut – hat er so ausgesehen, als ob er das wirklich glaubt?«

Kelly zuckt die Schultern. »Es war dunkel und ehrlich gesagt nein – wahrscheinlich hat er mir nicht geglaubt. So komisch, wie du dich benommen hast.«

Das sitzt – wie beim ersten Mal, als sie es mir erzählt hat. Meine Augen füllen sich mit Tränen. Alex findet mich komisch. Was soll ich jetzt nur tun? Wie soll ich ihm klarmachen, dass ich ein ganz normales Mädchen bin, genauso wie alle anderen? Ich hätte heute Morgen krank spielen und zu Hause bleiben sollen. Das wäre einfacher gewesen.

Am liebsten würde ich jetzt in *Babas* Garten flüchten, Unkraut jäten oder die Setzlinge gießen. Dabei kann ich gut nachdenken. Es ist der einzige Ort, an dem ich Ruhe finde, wo ich mit mir im Reinen bin – Zeyneb eben – egal, was passiert.

Wir hören das Klappern von Absätzen draußen und dann geht die Klotür auf. Bestimmt eine Lehrerin. Ich stürze zum Waschbecken und spritze mir Wasser ins Gesicht.

»Kommt jetzt, ihr beiden – ich will euch sofort in der Halle draußen sehen.«

Es ist Mrs Bickham, die Berufsorientierungslehrerin. Heute

ist nämlich unser jährlicher Berufsorientierungstag und wir müssen uns in der Halle unten versammeln und über unsere Zukunft reden. Aber mich interessiert im Moment nur, wie ich den restlichen Tag überstehen soll. Mehr Zukunft verkrafte ich vorläufig nicht.

Unsere Schule macht das jedes Jahr. Vertreter von verschiedenen Berufsverbänden und Colleges und der hiesigen Universität werden eingeladen, um mit uns zu sprechen. Ich finde es irgendwie komisch, diese ganzen Fremden, die in unserer Halle herumsitzen, aber wenn es uns dazu bringt, über unsere Zukunft nachzudenken, ist es vielleicht doch nicht ganz dumm.

»Hast du dir schon einen ausgesucht?«, fragt Kelly. Weil sie neu ist, weiß sie noch nicht, wie es abläuft.

Ich nicke. »Und du?«

»Ich weiß nicht. Woher soll ich wissen, was ich mal irgendwann in vielen Jahren machen werde?«

»Wir sollen ja nur ein bisschen reinschnuppern. Du musst doch nicht gleich einen Vertrag unterschreiben oder so.«

Kelly zuckt die Schultern. »Aber ich weiß es einfach nicht ...«

Ich höre die anderen herumblödeln, wie langweilig so ein Erwachsenenleben sein muss – jeden Tag denselben dummen Job machen und das die nächsten hundert Jahre oder so. Wahrscheinlich haben alle insgeheim ein bisschen Angst, weil sie ja wissen, dass sie sich irgendwann für etwas entscheiden müssen. Wir können doch nicht ewig Kinder bleiben. Und was ist, wenn man den falschen Beruf wählt und das erst merkt, wenn man uralt ist – vierzig oder so?

Aber das gibt natürlich niemand zu. Stattdessen spielen sie die Coolen und machen dumme Sprüche, wie zum Beispiel: »Stell dir vor, du bist Bestattungsunternehmer und fürchtest dich vor Toten.«

»Oder ... oder Fensterputzer in einem Wolkenkratzer, obwohl du Höhenangst hast.«

Die Stände – so nennen es die Lehrer – sind ein paar zusammengeschobene Tische, sonst nichts. Alle sind mit Logos, Flyern, Visitenkarten und Fähnchen geschmückt. Die exklusivsten locken mit Flaggen oder Diashows, die an die Wand geworfen werden. Letztes Jahr konnte man das alles schnell abhaken, ein paar Flyer mitnehmen und wieder abhauen. Aber dann wurden ein paar Schüler hinter der Halle beim Rauchen erwischt und deshalb hat Mrs Bickham dieses Jahr alles anders organisiert. Wir müssen uns einen Beruf aussuchen, der uns interessiert und ein »Vorstellungsgespräch« mit der Person führen, die hinter dem jeweiligen Tisch sitzt. Hinterher müssen wir als Hausaufgabe einen Bericht darüber schreiben – über den Interview-Partner und warum wir diesen speziellen Stand ausgewählt haben und was auch immer. Und das müssen wir dann nächste Woche in der Klasse vortragen. Wir kriegen sogar Noten dafür. Die anderen stöhnen alle darüber, aber mir macht es eigentlich nichts aus.

Ich weiß nämlich genau, zu welchem Stand ich gehe. *Baba* sagt immer: »Für dich gibt es nur einen Platz auf der Welt, mein Mädchen – die Universität.« Und er ist so stolz auf mich und betont das Wort »Universität«, als gäbe es nichts Tolleres auf der Welt. Ich sehe, wie seine Brust sich wölbt und seine Augen leuchten, wenn er mich anschaut. Von unserer Familie war nämlich noch nie jemand an der Uni, weder hier noch in der Türkei. Ich finde die Vorstellung faszinierend. Und ich habe mir auch schon ein paar Fragen überlegt, die ich stellen will, wenn ich an dem Stand bin. Dann kann ich zu Hause alles *Baba* weitererzählen.

»Kommst du mit mir?« Kelly stößt mich an. Wir stehen in der Halle und starren in ein Meer von Erwachsenengesichtern.

»Weißt du denn, wo du hinwillst?«

»Also ...«, fängt Kelly zögernd an. »Ich dachte, ich nehme vielleicht die Armee.«

Ich ziehe überrascht die Augenbrauen hoch. »Die Armee? Seit wann interessierst du dich für die Armee?«

An der Art, wie sie an ihrem Pferdeschwanz herumzwirbelt, sehe ich, dass sie verunsichert ist.

»Aber ich komme mit dir, wenn du willst«, füge ich hinzu und ein Lächeln breitet sich auf ihrem Gesicht aus.

»Danke, Zey.«

Ich folge Kelly zu dem Stand, an dem ein paar Soldaten in Uniform herumstehen. Ich kann mir Kelly nicht als Soldatin vorstellen, mit einem Gewehr in der Hand, wie sie in einem Krieg auf andere Leute schießt. Auch wenn das natürlich noch viele Jahre hin ist. Ich finde es grässlich. Aber ich sage nichts. Es ist schließlich ihre Entscheidung.

Eine Soldatin kümmert sich um Kelly und die stellt ihr jede Menge Fragen. Die Frau erzählt ihr von den verschiedenen Jobs, die es in der Armee gibt, zum Beispiel Rettungsassistent oder Koch oder sogar Rechtsanwalt. Ich muss zugeben, dass ich davon keine Ahnung hatte. Ich starre auf die blonden Haare der Frau, während sie mit Kelly redet. Ich kann nicht sagen, ob sie lang oder kurz sind, weil sie sie unter ihr Armeekäppi gestopft hat. Ihr Rücken ist kerzengerade durchgedrückt und sie hält ihr Kinn sehr hoch. Ich muss sofort an *Anne* denken, die mich immer ermahnt, dass ich meine Schultern nicht so hängen lassen soll, und ich richte mich unwillkürlich auf, während ich auf Kellys Gespräch mit der Soldatin lausche. Die beiden verstehen sich richtig gut.

»Die Armee würde auch dein Studium bezahlen«, sagt die Frau gerade zu Kelly.

»Aber muss man dann wirklich sein restliches Leben lang um fünf Uhr morgens aufstehen?«, fragt Kelly.

Die Soldatin lacht. »Manchmal sogar noch früher. Das ist sehr wichtig bei der Armee – Disziplin.«

»Dann dürfen Sie also nie ausschlafen?«

»Doch, natürlich, wenn ich freihabe!.«

»Dann hat man also auch freie Tage?«, fragt Kelly und wieder lacht die Frau.

An ihrem Stand stehen nicht sehr viele Mädchen herum, so dass sie wahrscheinlich froh ist, mit Kelly reden zu können. Das Problem ist nur, je länger Kelly hier mit ihr herumsteht, desto weniger Zeit bleibt mir, an meinem Stand Fragen zu stellen.

Ich stoße sie an. »Kelly, wir treffen uns in der Pause wieder, okay?«

Kelly nickt, ohne mich anzusehen – sie ist voll auf die blonde Soldatin konzentriert. Vielleicht ist es doch nicht so schlimm, wenn Kelly zur Armee geht. Das scheint sie wirklich zu interessieren. Und vielleicht ist es ja das Richtige für sie.

Ich stürze durch die Halle zum Universitätsstand. Dort gibt es anscheinend so viel Info-Material, dass sie zwei Tische bekommen haben, statt nur einen wie die anderen Organisationen. Das gefällt mir, klar. Die Universität hat auch zwei Tische verdient, finde ich, aber vielleicht sage ich das nur, weil ich mir diesen Stand ausgesucht habe. Ich starre die Stapel von Prospekten und Flyern und alles andere an, was vor mir ausgebreitet liegt.

»Hast du vor, an die Uni zu gehen?«, höre ich eine Stimme fragen.

Ich schaue zu der Frau hinter dem Tisch auf, aber ... Wahnsinn. Darauf war ich wirklich nicht gefasst: Sie hat olivfarbene Haut, so wie ich, und trägt ein Kopftuch. Ein leuchtend pinkes, das eng um ihr Gesicht und ihren Hals geschlungen ist, auf die moderne Art.

»Unterrichten Sie an der Uni?«, frage ich sie. Meine Stimme klingt total ungläubig und ich kann nur hoffen, dass sie nicht gekränkt ist.

»Ja, ich habe einen Teilzeitjob als Dozentin«, erklärt sie, »aber ich arbeite auch beim Studentenwerk.«

»Was ist das denn?«

»Na, wir machen alles Mögliche. Zum Beispiel beraten wir Studenten aus unterprivilegierten Elternhäusern, wie sie ihr Studium finanzieren können. Oder wir motivieren Schülerinnen wie dich, diesen Schritt zu wagen und ein Universitätsstudium anzufangen.«

»Schülerinnen wie mich? Wie meinen Sie das?«

»Schülerinnen aus ethnischen Minderheiten«, erklärt sie.

»Bin ich eine ethnische Minderheit?«

»Na ja, ich nehme es an. Oder irre ich mich?«

Ich habe mich bis jetzt nie als ethnische Minderheit betrachtet. Ich meine, klar, ich weiß natürlich, dass es weniger muslimische Kinder an der Schule gibt als andere, ich bin ja nicht blöd, aber als Minderheit habe ich mich trotzdem nicht gesehen. Diesen Gedankensprung habe ich nie vollzogen. In meinen Augen bin ich einfach Zeyneb und ich muss mich irgendwie durchschlagen und mein Bestes in der Schule geben, so wie alle anderen auch. Aber vielleicht bin ich ja doch nicht wie alle anderen. Oder ich bin es und die restliche Welt macht alles viel komplizierter, als es in Wahrheit ist.

»Wie heißt du denn?«, fragt die Frau.

»Zeyneb.«

»Ich bin Zehra.« Sie hält mir ihre Hand über den Tisch hin. Unsicher nehme ich sie und erwidere ihren Druck, aber nur ganz kurz. Ich habe noch nie einem Erwachsenen die Hand gegeben – das fühlt sich irgendwie cool an.

»Und? Hast du vor, an die Uni zu gehen, wenn du mit der Schule fertig bist?«, fragt sie mich noch mal.

Ich nicke heftig.

»Was willst du denn studieren?«

»Ich weiß noch nicht. Was richtig Schwieriges.«

Die Frau wirft den Kopf zurück und lacht. Ich hätte das nicht sagen dürfen, wird mir bewusst, aber zu spät. Es klingt bestimmt dumm. Ich werde rot.

»In welchen Fächern bist du denn gut?«

»Mathe, Nawi, Bio. Aber ich bin auch in den anderen Fächern gut«, stoße ich hervor und würde mir am liebsten auf die Zunge beißen. Ich will ja nicht, dass sie mich für eine Angeberin hält.

Aber die Frau verzieht keine Miene. »Na, das ist doch gut. Wir brauchen eindeutig mehr Frauen in den Naturwissenschaften. Was machst du denn am liebsten?«

Ich zögere, aber dann schießt mir ein Bild durch den Kopf, wie ich *Baba* sonntagmorgens im Garten helfe. Oder wie ich unter meinem Hortensienbusch liege. Oder die Hornveilchen auf meinem Fenstersims gieße. »Ich mag Pflanzen. Gärtnern.« Ich zögere wieder. »Aber das ist kein richtiges Studienfach, ich weiß schon. Tut mir leid.«

»Das Studium der Pflanzen – natürlich ist das ein richtiges Unifach. Botanik ist ein hoch angesehener Forschungszweig.«

»Soll das heißen, ich kann drei Jahre lang nur Pflanzen studieren?«

»Sogar noch länger, wenn du willst.« Die Frau lächelt.

»Haben Sie das auch studiert?«

Wieder lacht sie. Mist. Die Frau muss mich doch für bescheuert halten, wenn ich ihr die ganze Zeit so dumme Fragen stelle. »Nein, ich habe Sozialwissenschaften studiert.«

»Sozialwissenschaften – was bedeutet das?«

»Psychologie, Soziologie, Kriminologie ... solche Dinge.«

»Sind das Fächer, bei denen man lernt, wie unser Denken funktioniert und so?«, frage ich.

Bestimmt wird sie mich wieder auslachen, denke ich, aber sie lächelt nur. Zehra ist überhaupt nicht so, wie ich mir die Leute hinter dem Universitätstisch vorgestellt habe. »Ja, das ist einer der Aspekte, denke ich.«

»Und was ... was sagen Ihre Eltern dazu?«

»Meine Eltern ...?«

»Ich meine, dass Sie studiert haben? Und das hier machen?«

»Die sind sehr stolz auf mich, so wie alle Eltern.«

Ich nicke. Ja, klar. Ich kann mir gut vorstellen, dass ihre Eltern stolz auf sie sind.

»Und deine Eltern? Wissen sie von deinen Plänen?«, fragt sie sanft.

»Mein Vater will sogar, dass ich an die Uni gehe. Er sagt, Allah hat mir die Gabe der Intelligenz verliehen und deshalb muss ich das Beste daraus machen. Aber ich habe ihm noch nichts von Botanik gesagt.«

»Es bedeutet aber, dass du nicht direkt nach der Schule heiraten kannst, das ist dir doch klar?«

»Ich will ja auch gar nicht direkt nach der Schule heiraten.«

»Und weiß dein Vater das?«

Ich zucke die Schultern, weil ich die Antwort nicht wirklich kenne. »Er liebt seinen Garten«, sage ich. »Botanik findet er bestimmt gut. Da bin ich mir sicher.«

»Gut, es ist wichtig, dass deine Familie hinter dir steht, wenn du eine so schwerwiegende Entscheidung triffst. Du wirst doch später nicht irgendwann Überraschungen erleben wollen?«

Ich schüttle den Kopf. Nein, ich glaube nicht, obwohl ich noch nie darüber nachgedacht habe. Ich weiß nur, dass meine Eltern stolz auf mich sind, wenn ich eines Tages an die Uni gehe. Sie nehmen ja wohl nicht an, dass ich gleichzeitig so blutjung heirate wie Elif? Oder doch? Plötzlich wird mir ein bisschen flau im Magen.

Ich rede mit Zehra, bis die Pausenglocke läutet. Irgendwann merke ich, dass Kelly dazugekommen ist. Sie steht hinter mir und interessiert sich genauso wenig für unser Gespräch, wie ich mich vorher für ihre Fragen an die Soldatin. Sie kehrt uns den Rücken zu und starrt die anderen Schüler in der Halle an. Kurze Zeit später höre ich Alex' Stimme. Er redet mit einem Mann am anderen Ende des Universitätstischs, sagt etwas über Meteorologie. Ich bin so auf die Fragen konzentriert, mit denen ich Zehra bombardiere, dass ich ausnahmsweise nicht zu einer Schleimpfütze zerfließe, nur weil er in meiner Nähe steht.

Endlich reiße ich mich los. Widerstrebend. Zehras Kollegen haben alle schon angefangen, die Flyer wieder in den Kartons zu verstauen, und sie werfen ihr bereits vorwurfsvolle Blicke zu, weil sie nicht mithilft. Also gehe ich. Ich gehe raus in die

Pause oder was davon noch übrig ist. Mit Kelly und den anderen. In meinen Händen halte ich ein Bündel Flyer, die Zehra mir mitgegeben hat. Und eine Visitenkarte.

»Botanik«, wiederhole ich in Gedanken. »Ein hoch angesehener Forschungszweig.«

Kapitel 11

Ich sitze in der Klasse und denke über mein Gespräch mit Zehra gestern am Unistand nach. Botanik. Soll ich das wirklich machen? Botanik studieren und Botanikerin werden? Dann schaue ich Mr Stein an. Wie in aller Welt kommt jemand dazu, Geografielehrer zu werden? Ich werde es nie verstehen.

Er redet über Wettermuster und Hochdruck und Tiefdruck. Ich blicke in die Gesichter um mich herum und weiß genau, was sie denken. Dasselbe wie ich: Wenn ich wissen will, wie das Wetter wird, Mr Stein, dann schaue ich im Internet nach.

Natürlich würde ich das nie laut sagen. Die kurze Genugtuung wäre einfach zu teuer erkauft, wenn ich hinterher in der Pause im Klassenzimmer bleiben und irgendwas abschreiben müsste ... Also sitze ich einfach da und habe das Gefühl, vor Langeweile buchstäblich zu zerfließen. Obwohl ich mich langsam ein bisschen anstrengen müsste. In ein paar Monaten fangen die Prüfungen an, aber ich kann einfach nicht ... Meine Gedanken kehren immer wieder zu Zehra zurück. Diese Frau geht mir einfach nicht aus dem Kopf. Mein Gehirn steckt fest – zwischen Zehra und Alex.

»... eine Luftmasse ist ein extrem großer Luftkörper, dessen Temperatur- und Feuchtigkeitseigenschaften in einer gegebenen Höhe in jeder horizontalen Richtung nahezu konstant sind ...«, tönt Mr Stein vorne.

Ich kritzle in mein Notizbuch. Kelly wirbelt auf ihrem Stuhl vor mir herum. Sie hält ihr Notizbuch hoch, damit ich das Bild sehen kann, das sie gezeichnet hat: Ein Junge und ein Mädchen sitzen auf einem Baum. Über den Kopf des Jungen hat sie »Alex« geschrieben und über den Kopf des Mädchens meinen Namen. Mein Arm schießt vor, ich will ihr das Heft aus der Hand reißen, aber sie zieht es schnell weg und macht eine Kussbewegung mit den Lippen. Ich funkle sie an, muss aber dann doch grinsen.

Kelly dreht sich wieder nach vorne und schaut Mr Stein an. Ich schaue auf die Kritzeleien in meinem Notizbuch hinunter.

»Zeyneb?«, höre ich Mr Stein fragen. Es klingt so gereizt, als hätte er mich nicht zum ersten Mal aufgerufen. Ups.

»Ja, Sir?«

»Tut mir leid, wenn ich dich in deinen Träumereien störe, aber könntest du bitte so freundlich sein und dir die Hausaufgaben für die nächste Stunde notieren?«

Manchmal frage ich mich, ob man als zukünftiger Lehrer einen Vertrag unterschreiben muss, dass man später solche geschraubten Sätze von sich gibt. *Träumereien*, also echt. Oder redet Mr Stein freiwillig so?

»Ja, Sir.« Ich beuge mich über mein Heft, damit er denkt,

dass ich mitschreibe. Die Hausaufgaben hole ich mir später von Kelly.

Endlich läutet es und wir stürmen alle zur Tür. Alex drängt sich an den anderen vorbei und kommt auf mich zu.

»Hey, Zeyneb«, ruft er.

»Hey, Alex.« Ich nicke, gebe mich cool. Diesmal drehe ich nicht durch, das schwöre ich mir. Er soll sehen, dass ich genauso wie die anderen Mädchen in unserer Klasse bin.

»Und? Wann treffen wir uns?«

»Treffen?« Mir rutscht die Tasche aus der Hand und fällt auf den Fußboden und ich stolpere beinahe darüber. Wovon redet er, um Himmels willen? »Wieso? Was meinst du?«

Alex hebt meine Tasche auf und gibt sie mir zurück. »Na, wegen unserem Projekt.«

»Was für ein Projekt?« Ich streife die Tasche über meine Schulter und gehe zur Tür.

»Du hast nichts mitgekriegt, was? Kein einziges Wort von dem, was er gesagt hat.«

»Wer? Mr Stein? Ähm ... nein, ich glaub nicht. Wieso? Was hat er denn gesagt?«

Ich gehe jetzt schnell, suche in dem überfüllten Gang nach Kelly, aber Alex hält mit mir Schritt. Die Musik aus diversen MP3-Playern vermischt sich hier draußen zu einem wahren Musiksalat und verwirrt meine Gedanken.

Alex lacht. »Na, das Studienprojekt. Die Hausaufgabe, von der er gesprochen hat. Hallo? Wir müssen Zweiergruppen bilden und ... na ja ...«

Ich bleibe stehen und starre ihn an. »Und was?« Aber ich weiß schon, was er gleich sagen wird.

»Mr Stein hat uns beide zusammengetan ...«

»Dich und mich?« Mir bleibt die Luft weg. Ausgerechnet heute muss ich im Unterricht träumen! Unglaublich. Der Tag, an dem ich mit Alex in eine Zweiergruppe gesteckt werde.

Ich sehe ihn an und er nickt mit leuchtenden Augen.

»Und was ... was ist mit Kelly?«, frage ich.

»Die ist mit David zusammen.«

Ich verstumme, überlege einen Augenblick. Wie soll ich mich jetzt aus der Affäre ziehen? Kann ich das vielleicht auch allein hinkriegen? »Was sollen wir überhaupt machen?«

»Wir müssen zusammen recherchieren und einen Bericht schreiben und am nächsten Freitag müssen wir das Projekt in der Klasse präsentieren.«

Okay, das ist eindeutig Teamarbeit. Allein geht nicht.

»Und wir sollen so schnell wie möglich anfangen, hat er gesagt. Willst du nach der Schule zu mir nach Hause kommen?«

Ich lache, aber nicht fröhlich wie über einen guten Witz. Ich lache, weil seine Frage so absurd ist. Komplett hirnrissig. »Ja klar – als ob meine Eltern mir das erlauben würden.«

Alex runzelt die Stirn. »Aber es ist doch für die Schule«, hält er dagegen. Er hat keine Ahnung. Als ob die Schule jemals ein Grund sein könnte, dass meine Eltern mich zu einem Jungen nach Hause gehen lassen. Nicht eine Sekunde lang!

Ich seufze. Es macht mir echt keinen Spaß, mit ihm darüber zu reden – ihm zu erklären, wie es bei mir zu Hause ist. In meinem Leben, in dem ich gefangen bin. Wenn er erst über meine Familie Bescheid weiß, wenn er die Probleme kennt, mit denen ich mich herumschlagen muss, ist es aus und vorbei, das weiß ich. Dann wird er mich nie wieder so ansehen wie jetzt, mich nie wieder fragen, ob ich mit ihm auf den Rummelplatz gehe – geschweige denn, dass er mir mehr als siebeneinhalb Punkte gibt. Aber leider führt kein Weg dran vorbei. Ich muss es ihm sagen.

»Ich darf nicht zu dir nach Hause kommen, Alex. Das erlauben meine Eltern mir nie. Bei uns ist das nicht so einfach, verstehst du? Ich rede heute Abend mit ihnen, mal sehen, was sie sagen – und dann gebe ich dir Bescheid, okay?«

Alex nickt. Was bleibt ihm auch anderes übrig? Ich starre ihn an, behalte ihn scharf im Blick. Hat sein Gesichtsausdruck sich verändert? Aber er senkt den Kopf und lässt seinen Pony übers Auge fallen. Macht er das absichtlich? Was will er vor mir verbergen? Was denkt er jetzt von mir?

Egal. Ich komme wieder auf das Geografieprojekt zurück. »Und worum geht es in dem Projekt?«

»Was?«, fragt Alex.

»Na, das Projekt.«

»Ach so. Ich habe Wettersatelliten genommen.« Jetzt schaut er mich wieder an und grinst.

»Wettersatelliten? Soll das ein Witz sein?«

Wir sind jetzt vor unserem nächsten Klassenraum angekommen und tröpfeln mit dem Pulk hinein. Kelly taucht neben mir auf und grinst mich vielsagend an.

»Zeyneb and Alex, sitting in a tree«, flüstert sie mir zu, »KISSING ...«

»Sehr witzig.« Ich zwinge mich zu einem Lächeln, aber ich weiß, dass es voll danebengeht.

Als ich beim Abendessen mit meinen Eltern und *Babaanne* am Tisch sitze, bekomme ich kaum etwas hinunter. Es gibt rote Paprika, mit Reis und Hackfleisch gefüllt, mein absolutes Lieblingsessen. Aber heute ist mir der Appetit vergangen.

»*Baba, Anne*, ich muss mit euch reden«, fange ich an und zucke innerlich zusammen. Genau dieselben Worte habe ich verwendet, als ich *Baba* die Lüge mit dem Französischtest aufgetischt habe. Werden sie mir jetzt noch glauben?

Meine Eltern blicken auf. An dem Ernst in meiner Stimme erkennen sie, dass ich ihnen etwas Wichtiges mitzuteilen habe, und das macht alles nur noch schlimmer. Warum kann ich nicht fröhlich und unbefangen darüber reden? Warum mache ich es mir so schwer, noch bevor ich überhaupt angefangen habe?

»Wir machen gerade ein Studienprojekt in Geografie und dafür wurden wir in Zweiergruppen aufgeteilt«, fange ich an.

Meine Eltern schauen mich erwartungsvoll an.

»Ich muss mit einem Jungen aus meiner Klasse zusammenarbeiten. Er heißt Alex.«

Sie nicken. Und warten. »Ja, also das ist so eine Art Hausaufgabe. Wir können es nicht im Unterricht machen und ich ... ähm ... also ich weiß nicht, wo wir das jetzt machen sollen ...«

»Ihr könnt es doch in der Pause im Klassenzimmer machen – natürlich in Anwesenheit eines Lehrers«, schlägt *Anne* vor. Triumphierend lächelt sie mich an, als hätte sie gerade sämtliche Welträtsel gelöst.

»Nein, das geht nicht. Die Pausen sind viel zu kurz dafür. Das schaffen wir nicht. Ich meine, wir müssen es nach der Schule machen ...«

Baba sitzt ganz still da und hört zu. Bis jetzt hat er nichts gesagt, hat keine einzige Frage gestellt. Er sieht mich nur an. Glaubt er mir? Oder hat er irgendwie erraten, dass Alex mehr für mich ist als nur ein gewöhnlicher Klassenkamerad?

»Dann kannst du diese Hausaufgabe doch mit Kelly machen«, sagt Mum. »Warum muss es unbedingt ein Junge sein?«

»*Anne*, ich kann mir keinen anderen Partner suchen. So läuft das nicht. Die anderen Mädchen arbeiten auch mit Jungs zusammen. Kelly zum Beispiel mit David.«

Mum stößt ihren Teller weg und verschränkt die Arme. »Eine schöne Schule ist das!«, schnaubt sie und schaut meinen Vater an.

Ich hole tief Luft, wappne mich für eine zweite Erklärungsrunde, aber *Baba* kommt mir zuvor. Er nickt und sagt langsam: »Du weißt doch, wie die Dinge hier sind, Güler. Wir können von Zeyneb nicht verlangen, dass sie gegen den Strom schwimmt. Was wird dann aus ihren Schulnoten, wenn sie sich in dieser Sache querstellt?«

»Das stimmt, *Anne*. Es gibt keine andere Möglichkeit, glaub mir.« Vor lauter Dankbarkeit, dass *Baba* versteht, nehme ich seine Hand, drehe sie um und küsse ihn auf den Handrücken. *Baba* streichelt meinen Hinterkopf.

Ich schaue wieder zu ihm auf. Und jetzt das nächste schwierige Thema. »Also ... Wo soll ich mich mit diesem Jungen treffen?«

Helles Entsetzen zeichnet sich auf ihren Gesichtern ab und daran sehe ich, dass sie die praktische Seite der Angelegenheit noch gar nicht in Erwägung gezogen haben. Meine Mum trinkt einen Schluck Wasser und verschüttet es voll über ihre Schürze.

»In der Bibliothek?«, hake ich nach. Ich will das Ganze jetzt nur noch hinter mich bringen, und zwar so schnell wie möglich. »Oder hier, bei uns zu Hause?«

Alex' Einladung, zu ihm nach Hause zu kommen, erwähne ich erst gar nicht. Bin ja nicht lebensmüde. Aber ich bete, dass sie die Bibliothek akzeptieren. Sonst muss ich ihn hierher schleppen und an unseren Esstisch setzen und das ertrage ich nicht. Ich würde tausend Tode sterben, wenn Mum die ganze Zeit um uns herumgluckt.

Nach dem Essen helfe ich Mum beim Abwasch, dann gehe ich in mein Zimmer hinauf, um mit den Hausaufgaben anzufangen. Ich hole mein Handy heraus und scrolle meine Kontakte durch. Bis zu der Nummer, die unter A. aufgelistet ist. Ich habe sie nach Kellys Party gespeichert – obwohl ich genau weiß, dass das nicht in Ordnung ist.

HI, ALEX, schreibe ich ihm. *WIR KÖNNEN UNS MORGEN NACH DER SCHULE BEI MIR ZU HAUSE TREFFEN. ZEYNEB*

Meine Wangen brennen, obwohl ich ganz allein in meinem Zimmer sitze und niemand mich sehen kann. Ich kneife die Augen zusammen bei dem Gedanken, wie peinlich das alles wird, und drücke auf »Senden«. Wenigstens weiß ich jetzt, dass es aus ist. Alex wird nichts mehr von mir wissen wollen. Trotzdem frage ich mich, was er wohl denkt, wenn er das hier liest.

Kapitel 12

Okay, ich hätte es wissen müssen – noch mehr Probleme. Noch mehr Stromschnellen und Wasserfälle, Krokodile und Haie. Am liebsten würde ich mich unter meinem Hortensienbusch verkriechen, aber dazu bleibt mir keine Zeit.

Haiproblem Nr. 1:

Heute kommt der süßeste Junge in meiner Klasse zu mir nach Hause. Ja, heute. Genauer gesagt, in dreißig Minuten.

Haiproblem Nr. 2:

Meine Mum kriegt einen Herzinfarkt, wenn sie sich nur vorstellt, dass ein Mädchen und ein Junge allein im selben Zimmer sitzen. Heute Morgen hat sie mir mein Spiegelei ins Teeglas geschaufelt statt auf den Teller. Und ich weiß auch genau, warum – weil sie die ganze Zeit an diesen Jungen gedacht hat, der in ihr Haus kommt.

Haiproblem Nr. 3:

Alex hat sich »Wettersatelliten« als Thema ausgesucht. Was Langweiligeres kann ich mir beim besten Willen nicht vorstellen.

Ich bin total fertig.

Im Unterricht bin ich völlig unkonzentriert, weil mir die ganze Zeit diese Gedanken im Kopf herumgehen – wie ein Wasserfall oder eine Stromschnelle oder beides ... Ob *Anne* sich allen Ernstes mit uns an den Tisch setzt? Oder darauf besteht, dass wir wenigstens weit genug auseinanderrücken? Oder – der absolute Albtraum – einen meiner bescheuerten Cousins als Aufpasser herbestellt?

Das Szenario wird immer schlimmer, je öfter ich es in meinem Kopf abspule. Ich starre auf die Uhr an der Wand und beschwöre die Zeiger, stehen zu bleiben. Obwohl ich natürlich weiß, dass es nichts nützt. Nur zu bald ertönt das gefürchtete letzte Läuten. Mit bleischwerem Herzen gehe ich zum Fahrradschuppen. Alex ist schon vorausgegangen und wartet auf mich.

Da steht er, an sein Fahrrad gelehnt. Sein pechschwarzer Pony fällt ihm über ein Auge. Er starrt mich an, als ich auf ihn zukomme. Zwinkert er mir zu oder bilde ich mir das nur ein? Die Angst, die mich den ganzen Tag im Griff hatte, löst sich in Wohlgefallen auf und plötzlich habe ich Schmetterlinge im Bauch. *Hör auf, Zeyneb!*, zische ich mir zu. *Reiß dich zusammen. Was soll denn schon passieren? Rede einfach mit ihm, so wie mit Kelly.*

Aber ich weiß, dass ich Alex warnen muss, was ihn bei mir zu Hause erwartet, bevor wir hinkommen. Und wie soll ich ihm das nur sagen?

»Hey, Zey«, sagt er lächelnd. »Also was ist? Können wir?«

Zey – so hat er mich wahrscheinlich zum letzten Mal genannt. Wenn ich erst mit ihm geredet habe, ist es vorbei. Ich hole tief Luft.

»Warst du schon mal bei einer türkischen Familie zu Besuch?«, frage ich.

»Na klar – ich bin doch immer bei Mustafa drüben«, sagt er fröhlich.

Noch ein tiefer Atemzug. »Und ... hat der Schwestern?« Alex wirft mir einen überraschten Blick zu. »Ja, zwei. Eine ältere und eine jüngere.«

»Und warst du je mit einer der beiden allein im Zimmer?«

»Was? Warum fragst du mich das alles?«, sagt Alex stirnrunzelnd und ganz ohne Grübchen – nicht der leiseste Hauch davon.

»Ja oder nein?«

Er schweigt einen Augenblick, denkt über die Frage nach. »Nein, glaub nicht«, sagt er schließlich.

Dem Himmel sei Dank für Mustafa. »Siehst du. Bei uns ist das genauso, Alex.«

»Wieso? Was meinst du damit? Ich hab keine Ahnung, wovon du redest.«

Ich würde jederzeit 0 Punkte für dieses bescheuerte Geografieprojekt in Kauf nehmen, das schwöre ich, wenn ich Alex jetzt einfach den Rücken kehren und weggehen könnte. Aber das wäre gemein ihm gegenüber. Also fahre ich fort: »Jungs und Mädchen in unserem Alter, also ... ich meine, du darfst dich nicht wundern, wenn meine Mum die meiste Zeit um uns herumgluckt, okay?«

Ich habe es geschafft – das peinlichste Gespräch überlebt, das ich je mit einem Jungen führen musste.

Alex nickt. »Klar, kein Problem. Meine Mum ist auch den ganzen Tag zu Hause.«

Er hat keine Ahnung, worum es geht, aber ich gebe jetzt keine Erklärungen mehr ab. Ich habe kein Fitzelchen Mut mehr in mir. Ich habe mich total verausgabt. Jetzt muss er selber sehen, was Sache ist.

Wir steigen auf unsere Räder und fahren mit Karacho zu mir nach Hause. Ich bin vorne, kämpfe gegen den Wind an; ich bin total hin- und hergerissen, hoffe, dass er mich nicht einholt, aber dann will ich es doch wieder, weil ich mir nichts Schöneres vorstellen kann, als neben ihm herzukurven und mit ihm zu reden. Endlich sind wir da und ja, ich bin immer noch vor ihm. Die quälende Fahrt ist vorbei – jetzt kommt der schlimmste Teil.

Wie es wohl bei Alex zu Hause aussieht? So wie bei uns oder schicker? Haben sie einen Gärtner? Ist Alex ein Junge, der einen Garten überhaupt wahrnehmen würde? Wahrscheinlich nicht, denke ich – nicht viele Leute achten auf solche Dinge. Schade eigentlich, weil unser Haus von außen richtig schön aussieht. Ich stelle mir den Hortensienbusch mit seinen riesigen Blättern vor, die ein ganz kleines bisschen über die Mauer ragen. Leider kann ich jetzt nicht einfach drunterkriechen und der Welt den Rücken kehren ... Ich hole tief Luft und wir gehen die Haustreppe hinauf.

Bevor ich Alex sagen kann, dass er seine Schuhe ausziehen

soll, greift er bereits nach einem Paar Hausschuhe. Zielstrebig nimmt er die Gästepantoffeln, die man daran erkennt, dass sie weniger abgetragen sind und hübscher aussehen. Ich bin Mustafa zutiefst dankbar, dass er mir peinliche Erklärungen zu der Schuhfrage erspart hat. Morgen kaufe ich ihm eine Cola am Schulkiosk, nehme ich mir vor.

Wir kommen in den Flur und ich kann nur einen Gedanken fassen: Bitte lass *Anne* nicht eine ihrer grässlichen Schürzen anhaben, zum Beispiel die verwaschene grüne mit den winzigen Blümchen, die garantiert fünfzig Jahre alt ist. Würde ihm das auffallen? Oder der riesige goldgerahmte Spiegel im Esszimmer. So was Monumentales habe ich bisher nur in türkischen Wohnungen gesehen. Oder die Vase, die mit Pfauenfedern statt Blumen gefüllt ist. In Gedanken gehe ich jeden einzelnen Gegenstand in unserem Haus durch, jedes Möbelstück, und suche verzweifelt nach etwas, das Alex normal finden würde.

Ich will gerade den Mund aufmachen und ganz locker »*Anne*, wir sind da!« rufen, wie jedes andere Mädchen in meinem Alter, aber dazu kommt es nicht, weil ich voll auf meine Mum draufknalle. Und ja, natürlich hat sie die grüne Blümchenschürze an und wringt ihr unvermeidliches Geschirrtuch aus. Na super.

Als hätte sie die ganze Zeit hinter der Tür gestanden und uns abgepasst.

Mit dem letzten Rest Würde, den ich noch aufbringe, bete ich, dass Alex nicht sieht, wie rot ich werde. Wieder mal.

»Hallo, *Anne*«, sage ich und drücke ihr einen Kuss auf die

Wange. Den Kuss würde ich am liebsten auslassen, aber ich habe eine Höllenangst, dass Mum mich dann anmeckert – oder dass sie mich zwingt, sie zu küssen, als wäre ich noch ein kleines Mädchen. *Anne* hat echt keine Ahnung, wie peinlich das ist.

»Wie war's in der Schule?«, fragt sie mechanisch, ohne mich dabei anzusehen. Ihre Augen kleben misstrauisch an dieser fremden Spezies, diesem exotischen Insekt, das ich in ihr Haus eingeschleppt habe – ein Junge im Teenageralter, ohne Familienbegleitung.

»Das ist Alex«, sage ich beiläufig, als wäre er ein x-beliebiger Junge und nicht ALEX, bei dessen Anblick mein Herz zu rasen anfängt. *Anne* darf auf keinen Fall Verdacht schöpfen, sonst dreht sie womöglich vollends durch. Das hätte mir noch gefehlt.

Meine Mum nickt und hält Alex die Hand zur Begrüßung hin. »Willkommen in unserem Haus«, sagt sie.

Warum muss sie so schrecklich steif sein? Ich beuge mich vornüber und zupfe an meiner Socke herum, damit ich mir das nicht länger mit ansehen muss.

»Hey, Mrs ... Mrs Ozturk.« Alex schenkt ihr ein strahlendes Lächeln und sein Grübchen kommt zum Vorschein.

Aber so leicht kriegst du sie nicht rum, denke ich. Trotzdem bin ich froh, dass er es zumindest versucht.

»Wo ist *Babaanne*?«, frage ich.

»Im Garten bei deinem Vater«, antwortet Mum und ich atme auf. Wenigstens ist nur *Anne* da, das ist immerhin ein Lichtblick. Wenn ich mir vorstelle, dass hier alle drei auf uns warten würden, du liebe Güte ... *Baba* würde Alex ausfragen, was seine Eltern beruflich machen, und *Babaanne* ... also bei meiner Großmutter muss man auf alles gefasst sein.

»Ihr könnt eure Taschen im Esszimmer lassen, Zeyneb.« Meine Mum wird auf einmal ganz praktisch. Mit ihrem unvermeidlichen Geschirrtuch in den Händen verschwindet sie in der Küche. »Dort könnt ihr auch nachher eure Hausaufgabe machen, wenn ihr gegessen habt.«

Ohne einen Blick zu Alex – ich traue mich nicht – lasse ich meine Tasche auf den Boden fallen und gehe hinter ihr her. Alex folgt mir, ich höre seine Schritte hinter mir.

»Ähm, Mrs Ozturk«, fängt Alex an, sobald wir in die Küche kommen, »es tut mir leid, aber ich hab keinen Hunger. Vielleicht nur ein Glas ...«

Weiter kommt er nicht, weil Mum herumfährt und ihn anstarrt. Ihr Gesicht ist zu einem angestrengten Lächeln verzerrt. Ich weiß genau, was sie denkt: Dieser Junge hat keine Manieren – er weiß nicht, wie sich ein höflicher Gast zu benehmen hat.

»Unsinn«, sagt sie, immer noch angestrengt lächelnd. »Ihr könnt doch eure Hausaufgabe nicht mit leerem Magen machen. Euer Gehirn braucht auch Nahrung, verstehst du? Und ich bin sicher, dass etwas dabei ist, das dir schmeckt.«

Ich dumme Nuss. Ich hätte Alex warnen müssen, dass man auf keinen Fall zu uns nach Hause kommen kann – schon gar nicht beim ersten Mal –, ohne unsere berühmte Gastfreundschaft zu würdigen.

Dann fällt mein Blick auf den Esstisch und ich kann gerade noch ein Stöhnen unterdrücken – den lautesten, abgrundtiefsten Stoßseufzer meines Lebens.

Nach all dem Essen zu urteilen, das *Anne* dort ausgebreitet hat, müssen unsere Gehirne dem Hungertod gefährlich nahe sein. Ein Festmahl für mindestens sechs Personen erwartet uns. Warum kann sie nicht einfach zwei belegte Brote und zwei Gläser Milch für uns hinstellen? Aber klar, was frage ich überhaupt? Ich müsste doch wissen, dass die Chancen dafür gleich null sind – das ist ungefähr so wahrscheinlich wie meine baldige Wahl zum Premierminister.

»Wow«, ruft Alex aus und starrt auf den Teller mit den zigarrenförmigen gefüllten Weinblättern. »*Sarmas.* Machen Sie die selber?«

Meine Mum nickt. Ein leises Lächeln umspielt ihre Lippen.

»Meine Oma macht sie auch selber. Das ist mein Lieblingsgericht«, sagt er und ich könnte ihn küssen vor Dankbarkeit.

»Ist deine Großmutter Türkin?«

»Nein, Griechin.«

Das Lächeln erlischt wieder. Ich seufze – das wird ein langer Nachmittag, so viel steht fest.

Wir waschen uns die Hände und setzen uns an den Tisch, nehmen uns winzige Portionen von den vielen leckeren Sachen, die vor uns ausgebreitet sind. Meine Mum schenkt uns Tee ein. Hat Alex schon mal türkischen Tee getrunken? Bietet Mustafas Mum ihm das auch an, wenn er dort ist? Und mag er es? Ich beobachte aus dem Augenwinkel, wie Alex sich ein *sarma* in den Mund steckt.

»Mann, die sind ja noch besser als die von meiner Oma«, seufzt er.

Sagt er das, weil es wahr ist, oder will er nur einen guten Eindruck auf meine Mum machen? Auf jeden Fall funktioniert es, denn jetzt lächelt sie wieder.

Endlich dürfen wir vom Tisch aufstehen. Wir sind pappsatt und vollgestopft bis oben hin, denn meine Mum ist die ganze Zeit um uns herumgeschwirrt und hat darauf bestanden, dass wir jedes einzelne Gericht probieren. Ich habe überhaupt keine Lust, mich jetzt hinzusetzen und mit dem blöden Wetterprojekt anzufangen. Ich würde viel lieber in den Garten gehen und ein bisschen frische Luft schnappen, aber das kann ich *Anne* unmöglich vorschlagen. Widerstrebend führe ich Alex in unser Esszimmer mit dem weißen Tisch und den weißen Stühlen, den überdimensionalen Goldrandvasen voll künstlicher Blumen und dem Koranvers in vergoldeter arabischer Schrift auf einer der Wände.

»Sollen wir uns hinsetzen?«, frage ich.

Ich warte, bis Alex sich einen Stuhl genommen hat, dann setze ich mich ihm direkt gegenüber. Ich höre meine Mum in der Küche rumoren, das Geschirr wegräumen.

»Wollt ihr ein paar Kekse?«, ruft sie herein.

Alex und ich wechseln einen Blick und fangen an zu lachen.

»Ich krieg nichts mehr runter«, flüstert er. »Egal was. Bitte hilf mir.«

»Nein danke, *Anne*«, rufe ich zurück.

Dann vertiefen wir uns in die Arbeit. Ich kann mir nichts Langweiligeres als Wettersatelliten vorstellen, aber Alex ist fasziniert davon, so dass ich mich langsam auch ein wenig für das Thema erwärme.

Wir arbeiten konzentriert und schaffen eine ganze Menge, aus purer Verlegenheit und weil wir keine Chance haben, uns auch nur eine Nanosekunde lang zu entspannen. *Anne* hantiert in der Küche herum und alle paar Minuten stürzt sie zu uns ins Esszimmer, unter dem Vorwand, dass sie irgendwas holen oder wegräumen muss. Inzwischen hat sie garantiert jeden einzelnen Teller im Haus mindestens sechsmal abgewaschen und wieder ins Büfett eingeräumt. Ich weiß nicht, was ich machen soll. Ich kann *Anne* keinen flehenden Blick zuwerfen, damit sie uns endlich in Ruhe lässt, weil sie dann denken würde, dass zwischen Alex und mir was Unzüchtiges vorgeht. Aber ich kann auch nicht einfach dasitzen und Alex glauben lassen, dass meine Mum immer so um mich herumgluckt.

»So ist sie nicht immer«, flüstere ich, als sie wieder mal in der Küche verschwunden ist.

»Wieso? Was meinst du damit?«

Ich werfe ihm ein schwaches Lächeln zu. »Ich hab's dir ja schon gesagt. Mädchen und Jungen, das ist kompliziert bei uns.«

Alex nickt und schaut wieder in sein Bibliotheksbuch. War es ein verständnisvolles Nicken? Oder ein abfälliges, nach dem Motto: Dieses Mädchen ist total durchgeknallt? Ich kann es nicht sagen. Stattdessen schaue ich in mein Buch und bete, dass der Nachmittag bald zu Ende geht.

Nach ungefähr zwei Stunden haben wir genug und Alex sagt, er muss jetzt nach Hause. Er verabschiedet sich von *Anne*, total steif und förmlich, und ich bringe ihn zu seinem Fahrrad. Es gibt nichts mehr zu sagen. Was er gesehen hat, hat er gesehen und wahrscheinlich wünscht er sich jetzt glühend eine andere Projektpartnerin. Vielleicht mag er mich nicht mal mehr. Okay, das wollte ich ja, aber trotzdem ... es macht mich traurig. Und daran lässt sich nichts ändern.

»Deine Mum ist nett«, sagt Alex.

Ich würde ihm gern sagen, dass er mich nicht anlügen muss, dass ich weiß, wie unerträglich *Anne* an diesem Nachmittag war, aber ich kann nicht, ohne Mum zu beleidigen.

»Danke.« Ich lächle gezwungen. Ich kann mir lebhaft vorstellen, wie Alex den anderen in der Klasse haarklein unser Familienleben schildert.

»Bitte sag nichts ...«, fange ich an. »Morgen in der Klasse, bitte ...«

Alex bleibt am Tor stehen, die Hand auf dem Fahrrad. »Was soll ich nicht sagen?«

»Du sollst dich nicht über sie lustig machen«, bringe ich mühsam hervor. Meine Stimme ist so leise, dass ich sie selbst kaum höre.

Alex' Augen weiten sich und er macht einen Schritt auf mich zu. Jetzt steht er so dicht vor mir, dass unsere Hände sich berühren. Ich weiche zurück, reiße meine Hände weg, als hätte ich sie verbrannt, und schaue schnell zum Haus hinüber. Der Spitzenvorhang am Fenster bewegt sich nicht.

»Es war doch schön bei euch«, sagt Alex. »Warum soll ich mich über sie lustig machen?«

Ich zucke die Schultern, kann ihm nicht in die Augen sehen. Langsam strecke ich die Hand aus und streiche über seinen Fahrradsattel, nur um mich irgendwie zu beschäftigen.

»Also gut, ich sage kein Wort. Okay? Du glaubst mir doch hoffentlich?«

Statt sein blödes Fahrrad zu streicheln, würde ich viel lieber noch mal seine Finger an meinen spüren, aber das geht natürlich nicht.

»Danke, Alex.«

»Kein Problem.«

Dann steigt er auf sein Rad und saust davon, buchstäblich in den Sonnenuntergang – die Sonne geht tatsächlich gerade unter, der ganze Himmel glüht pink und orange. Und da strampelt er davon wie ein edler Ritter aus einem Märchen, nur dass er nicht auf einem weißen Pferd davonreitet, sondern auf einem stinknormalen Fahrrad.

Kapitel 13

Warum habe ich Mum nach Kellys Party nicht gebeten, mit mir shoppen zu gehen, damit ich mir selber ein Kleid aussuchen kann? Wie konnte ich nur glauben, dass sie mir was halbwegs Tragbares kaufen würde? Ich dumme Nuss.

Jetzt hab ich das nächste Haiproblem, aber das verdanke ich nur meiner eigenen Blödheit.

Es ist Samstagnachmittag und ich stehe total geschockt vor dem Spiegel im Schlafzimmer meiner Eltern. Fassungslos starre ich auf das hellblaue Kleid, das *Anne* mir für die Hochzeit meiner Cousine gekauft hat – und die ist heute Abend.

Etwas weniger Schmeichelhaftes habe ich in meinem ganzen Leben noch nie getragen, das schwöre ich. Und in so einem Outfit soll ich aus dem Haus gehen?

Das Mädchen im Spiegel sieht aus wie ein gestutzter Apfelbaum – lange, dünne Äste mit großen Knubbeln überall. Noch nie haben meine Schultern, meine Ellbogen (meine Knie sind zum Glück bedeckt) so knochig und spitz aus meinen Ärmeln hervorgestochen und was man dazwischen von den Armen und Beinen sieht, ist viel zu lang und zu dünn. Mein Oberkörper ist flach wie *Babas* Schuppentür. Na ja, flach war ich schon immer, aber in diesem Kleid fällt es noch viel mehr auf als sonst. Mein Haar ist oben auf dem Kopf zu einem windschiefen Vogelnest zusammengezwirbelt.

»*Anne*, so kann ich doch nicht gehen«, heule ich los. »Das sieht ja schrecklich aus.«

»Unsinn. Du bist wunderschön«, sagt Mum und fummelt weiter an ihrem Kleid herum – einem hellgrünen Glitzerding, eng in der Taille und mit langen Spitzenärmeln. »Geh zu Elif rüber und sag ihr, sie soll dir ein bisschen Schminke auf die Augen machen.«

Ja, klar – mit ein bisschen Schminke ist alles gebongt. Damit verwandle ich mich schlagartig von einer missglückten Disney-Prinzessin in ein Supermodel.

Ich verdrehe die Augen und, ups!, Mum hat es gesehen. Sie beobachtet mich in dem Spiegel, der auf ihrem Bett lehnt, ein paar Haarnadeln im Mund. Wütend funkelt sie mich an, während sie ihr Kopftuch an den Rändern geschickt mit den Nadeln feststeckt. Sie zupft ein paarmal leicht daran, um zu testen, ob auch nichts verrutscht, dann hält sie mir die restlichen Nadeln hin.

»Soll ich es für dich machen?«

»Was?«

»Dein Kopftuch feststecken.«

»Mein ... mein ...«

Die wilde Hochzeitsenergie, die heute im Zimmer, nein im ganzen Haus herumsummt, verebbt plötzlich und ich spüre, wie stattdessen die Spannung steigt. Meine Mum spürt es auch. Ihr Gesicht ist ganz ernst geworden. Ich starre sie an, weil ich nicht weiß, was ich sagen soll.

»Ich dachte, es gefällt dir?«, sagt sie. »Das Kopftuch, das ich für dich gekauft habe ...«

»Ja, es gefällt mir ja auch, *Anne.* Ich hab dir doch gesagt, wie schön ich es finde ...«

»Und was ist dann das Problem?«

Was das Problem ist? *Das Problem?*

Am liebsten würde ich sie anschreien: Das Problem ist, dass Elif gesagt hat, es kommt nicht drauf an, was man trägt, sondern was man tut – nur das macht einen zu einer modernen Frau. Aber Kelly sagt genau das Gegenteil: Die Leute werden glauben, dass ich nicht selbstständig denken kann oder dass ich eine radikale Islamistin bin. Und ich selber habe keine Ahnung, wer ich bin, zu welcher Gazellenart ich gehöre – zu der Kopftuch tragenden oder der wagemutigen, die nach grünerem, saftigerem Gras Ausschau hält.

Aber ich sage natürlich kein Wort davon.

Im Nebenzimmer stößt Dilara einen kleinen Schrei aus und ich liebe meine zweijährige Nichte noch mehr als sonst, weil sie mir damit einen Fluchtweg eröffnet.

»Ich geh mal rüber zu Elif und frage sie, ob ich ihr die Kleinen abnehmen kann«, murmle ich und stürze aus dem Zimmer.

Dieser ganze Hochzeitsrummel macht mich noch wahnsinnig. Dabei sind wir doch nur die Cousinen! Wenn ich mir vorstelle, wie es Ebrar, der Braut, erst ergehen muss. Keine Ahnung, was sie von diesem Irrsinn hält. Aber ehrlich, wer will das schon? Ich glaube nicht, dass ich je heiraten werde. Ich falle bestimmt tot um, weil ich so gestresst von dem ganzen Einkaufs- und Vorbereitungsterror bin. Nein, im Ernst – ich muss hier mal eine Weile raus. Ich gehe nicht nach nebenan, um Elif zu helfen.

Im Wohnzimmer treffe ich auf meinen Vater, der steif in Anzug und Krawatte auf der Sofakante sitzt. Er schaut zu mir auf.

»Zeyneb?« Seine Augen funkeln. »Du bist so schön, *kizim.*«

Ich lächle, weil ich ihm dankbar für diese Lüge bin. »Du siehst aber auch gut aus, *Baba.*«

Er quetscht seine Finger in seinen Kragen und zerrt daran. »Du weißt doch, wie ich diesen Aufzug hasse.«

»Ich auch«, sage ich.

»Der Apfel fällt nicht weit vom Stamm, heißt es doch, *kizim?*«

»Ja, nur darfst du Hosen tragen und ich muss in so einem blöden Kleid herumlaufen.«

»Morgen ziehen wir wieder unsere alten Sachen an und gehen zusammen in den Garten, ja?«

»Gebongt, Dad.«

Ich werfe ihm ein Lächeln zu und gehe durch den Garten. Unterwegs hole ich mein Handy hervor.

»Wo gehst du hin?«, ruft *Baba* mir nach.

»Ach, nur ein bisschen raus. Nur fünf Minuten. Ich brauche frische Luft.«

Er ist der Einzige im Haus, der versteht, dass ich diesem Hochzeitsterror für eine Weile entfliehen muss.

Ich würde gern unter meinen Hortensienbusch kriechen, aber die Gefahr, dass Mum einen hysterischen Anfall bekommt, wenn ich mein Kleid schmutzig mache, ist einfach zu groß. Also lasse ich mich auf einen Gartenstuhl fallen.

Es dämmert bereits und die Hitze des Tages lässt jetzt rasch nach. Meine Ärmel sind so dünn, dass ich Gänsehaut bekomme.

Ich scrolle die Adressen in meinem Telefon herunter. Ich muss noch was erledigen – einen Anruf. Ich denke seit Tagen darüber nach und jetzt ist der Moment gekommen.

Endlich bringe ich den Mut dazu auf.

Ich finde die Nummer, die ich gespeichert habe, und drücke auf »Wählen«.

Dann warte ich. Lasse es läuten, lange. Warte immer noch. Plötzlich höre ich ein Klicken und der Anrufbeantworter springt an: »Hallo, hier ist der Anschluss von Zehra. Meine Sprechzeiten sind von Montag bis Freitag, neun bis siebzehn Uhr. Wenn Sie einen Termin mit mir vereinbaren wollen, hinterlassen Sie mir bitte eine Nachricht. Ich rufe Sie baldmöglichst zurück.«

Ich lege auf, sitze da mit meinem nutzlosen Telefon und starre Löcher in die Luft. Dumme Zeyneb. Als ob ich nicht wüsste, dass niemand rund um die Uhr im Dienst ist. Und was wollte ich ihr überhaupt sagen?

Aber ich habe mich extra zu diesem Anruf durchgerungen und jetzt will ich auch eine Nachricht hinterlassen. Ich drücke auf Wahlwiederholung, höre wieder das lange Läuten und warte darauf, dass der Anrufbeantworter anspringt.

Aber von wegen.

»Hallo?«, sagt eine Stimme.

»Ähm ... ähm ... ähm ...«

»Hallo? Ist da jemand?«

»Ja, ja. Ich bin es, Zeyneb.«

»Zeyneb?«

»Spreche ich mit Zehra?«

»Ja, ich bin Zehra.« Sie redet jetzt langsamer, vorsichtiger. Vielleicht hält sie mich irgendwie für durchgeknallt.

»Sie waren letzte Woche an unserer Schule.«

»Ach ja, richtig. Und du hast noch ein paar Fragen zur Uni?«

»Nein.«

»Nein?«

»Ich bin zu jung. Ich kann noch nicht an die Uni.«

»Okay, und warum ...«

»Ich meine, ich will später mal hingehen, wenn ich mit der Schule fertig bin, das hab ich Ihnen ja schon gesagt, und Mr Rubens, mein Mathelehrer, meint, dass ich klug genug bin. Aber es ist nur ... also es ist ...«

Ich höre sie atmen am anderen Ende der Leitung. Sie wartet darauf, dass ich etwas sage. Ich bin so dämlich, echt. Rufe diese Frau am Hochzeitsabend meiner Cousine an.

»Es tut mir leid«, sage ich endlich.

»Ist schon gut. Du hast offensichtlich eine Frage an mich.

Jetzt komm erst mal runter, lass dir Zeit und sag mir, was los ist.«

»Ich ... ich weiß nicht, ob ich ein Kopftuch tragen soll oder nicht«, stoße ich hervor.

»Ein Kopftuch? Ich verstehe. Also, was sagen deine Eltern ...«

»Ich bin intelligent, verstehen Sie, und ich habe mir das nicht ausgesucht, ich bin einfach so. Also das klingt jetzt so undankbar ... Ich meine, nicht dass ich lieber dumm wäre, es ist nur ... Also ich habe diese Gabe und ich weiß, dass ich was draus machen muss. Nein, *will*. Ich will an die Uni gehen und studieren. Botanik, wie Sie es vorgeschlagen haben. Meine Eltern sollen stolz auf mich sein, aber ich weiß einfach nicht, ob ich mir den Weg dazu verbaue, wenn ich ein Kopftuch trage ...«

Ich verstumme und hole tief Luft.

»Okay«, sagt Zehra langsam und wahrscheinlich nickt sie, aber das kann ich ja nicht sehen. »Diese Frage wird mir öfter gestellt, als du vermutlich denkst.«

»Wirklich?« Ich erschauere leicht. Teils wegen der Kälte, aber auch vor Erleichterung. Ich bin so froh – so froh! –, dass ich nicht die Einzige bin, die sich mit solchen Fragen herumquält.

»Ja.«

»Und was sagen Sie dann?«

»Was ich sage? Das Problem ist nicht das Kopftuch, sondern wie stark du bist. Ob du es in dir hast, drei bis vier Jahre lang zu studieren. Du musst dich fragen, ob du damit leben kannst, zu einer Minderheit an der Uni zu gehören und dich trotzdem irgendwie einzufügen. Hältst du es aus, halb in deiner eigenen Kultur zu leben und halb in einer anderen, ohne aus den Augen zu verlieren, wer du bist? Wenn du meinst, dass du das schaffst, Zeyneb, wenn du glaubst, dass du die Kraft dazu hast, dann ist es okay. Kopftuch hin oder her.«

»Danke, aber ... aber ...«

»Aber was?«

»Das hilft mir jetzt nicht. Ich meine, heute Abend!«, heule ich los.

»Du musst das doch nicht heute Abend entscheiden. Lass dir Zeit und denk sorgfältig drüber nach.«

»Wenn Sie wüssten, was hier los ist. Die anderen sind alle im Haus oben und machen sich für die Hochzeit fertig und sie wollen, dass ich ein Kopftuch trage. Heute Abend.«

Zehra lacht leise. »Dann geh hoch und zieh eins auf. Nur für heute Abend. Dann weißt du wenigstens, wie es sich anfühlt. Das bedeutet doch nicht, dass du es morgen auch noch tragen musst.«

Zehra hat Recht. Irgendwie leuchtet mir ein, was sie sagt. Ich muss das Kopftuch morgen nicht wieder aufsetzen, wenn ich nicht will. Plötzlich ertappe ich mich dabei, dass ich grinse. Und ich gratuliere mir dazu, dass ich sie angerufen habe.

»Danke«, sage ich.

»Gerne.«

»Nein, ich meine es ehrlich – vielen, vielen Dank.«

Wieder lacht sie. »Jetzt komm schon. Ab mit dir. Mach dich für die Hochzeit fertig.«

Ich gehe in *Annes* Schlafzimmer zurück. Sie sitzt auf der Bettkante und schlüpft in ihre neuen Schuhe. Ich reiche ihr mein Kopftuch.

»Kannst du es bitte in deine Handtasche tun und mitnehmen?«, frage ich.

»Aber ich ...« Mum runzelt die Nase und zieht die Augenbrauen hoch.

»Ich kann mich doch auch später noch entscheiden, oder?«, sage ich zu ihr.

Anne stößt einen langen Seufzer aus. »Ja, sicher, *kizim*. Wahrscheinlich hast du Recht.«

Kapitel 14

Jetzt sind wir auf der Hochzeit, oder eigentlich müsste ich sagen, auf dem Fest. Ebrar und ihr Mann Murat wurden gestern schon standesamtlich getraut und haben den ganzen Papierkram unterzeichnet, der sie offiziell zu Mann und Frau macht. Und heute Nachmittag, während wir uns alle aufgestylt haben, ist der *Hodscha*, der islamische Geistliche, in Ebrars Haus gekommen und hat die Zeremonie durchgeführt. Nur die Braut und der Bräutigam, meine *Teyze* und ihr Mann, Murats Eltern und ihre Trauzeugen waren dabei. Ihr jüngerer Bruder Ahmed hat anschließend ein rotes Band um ihre Taille geschlungen, zum Zeichen, dass sie rein ist, und dann hat Ebrar von ihrer Familie Abschied genommen. Aber all das wurde nur im engsten Kreis vollzogen. Da sind nie viele Leute dabei. Und dann erst durfte Ebrar zum Fest kommen.

Ich sitze da, an einem Tisch in der Ecke. Das Essen wurde schon aufgetragen. Silvan und Dilara sind im Nebenraum, wo die Kinder mit einem Extraprogramm bespaßt werden. Meine Cousinen sind entweder auf der Tanzfläche oder gehen mit ihren Freundinnen herum und tratschen über die Kleider der anderen Frauen. *Teyze* stolziert durch die Gegend wie ein Pfau, mit meiner Cousine Semra an ihrer Seite, und Semra spielt die Erwachsene, obwohl sie gerade mal elf ist.

Meine Mum und Elif tanzen, die Arme um die Schultern ihrer Nachbarinnen gelegt, ein Kreis von einem guten Dutzend Frauen, die immer schneller herumwirbeln, je wilder die Musik wird. *Anne* wirft ihre Füße hoch, den Oberkörper vorgebeugt, und ihr neues Kleid glitzert und funkelt – heute Abend ist kein Platz für ihre alte Schürze und ihr ewiges Geschirrtuch. Und Elif mit ihrer graziösen schlanken Figur und ihrem langen schwarzen Haar – also meine Schwester ist mit Sicherheit eine der schönsten Frauen im Saal.

Babaanne mischt sich nicht unter die Tanzenden, aber sie steht am Rand der Tanzfläche, schwer auf ihren Gehstock gestützt, und macht Mini-Tanzbewegungen mit ihren Füßen und Schultern. Jeder kann sehen, dass sie mal genauso schön ausgesehen hat wie Elif, als sie noch jung war. Sie winkt mich her, will mich zum Mittanzen auffordern. Ich schüttle den Kopf und sie runzelt die Stirn.

Tanzen ist nicht mein Ding. Mir fehlt die natürliche Anmut von *Anne* und Elif, aber ich will *Babaanne* nicht enttäuschen und ich beherrsche immerhin die Schritte für diesen Tanz. Ich kann alle Tanzschritte – hab sie geübt, seit ich denken kann. Und Tanzen ist immer noch besser, als dumm am Tisch rumzusitzen.

Babaanne stößt mich leicht an, als ich an ihr vorbei zur Tanzfläche gehe. Ich lächle ihr zu und gehe schneller, um rechtzeitig in den Kreis der herumwirbelnden Frauen hineinzukommen. Elif sieht mich und lässt sofort die Schulter ihrer Nachbarin los, damit ich mich bei ihr einhaken kann. Und dann geht's ab, schneller und immer schneller, und wir lachen und werfen unsere Beine hoch, führen die komplizierten Schritte aus, zuerst vorwärts und dann rückwärts, zwölf Frauen, die vorübergehend zu einem einzigen großen Tanzpulk verschmelzen.

Mein Kopftuch rutscht mir von den Schultern (wo ich es in den letzten eineinhalb Stunden getragen habe statt auf dem Kopf). Es fällt auf den Boden und wir bewegen uns so schnell, dass ich nicht loslassen kann, um mich zu bücken und es aufzuheben. Aber aus dem Augenwinkel sehe ich, wie *Babaanne* mit ihrem Stock danach angelt und es an den Rand der Tanzfläche zieht.

Ich kann nicht behaupten, dass das Kopftuchexperiment heute Abend ein großer Erfolg war. Ich habe es mir von *Anne* erst feststecken lassen, als wir hierhergekommen sind. Dann musste ich mir den ganzen Abend lang die Kommentare aller Anwesenden anhören.

»O Zeyneb, ich wusste ja gar nicht, dass du jetzt einen *Hidschab* trägst!«

»Deine Eltern sind bestimmt sehr stolz auf dich ...«

»So eine respektvolle Tochter, diese Zeyneb ...«

»Ist das jetzt für immer? Willst du es die ganze Zeit tragen?«

Kümmert euch doch um euren eigenen Kram, hätte ich am liebsten gefaucht. Es machte mich wütend und verlegen und schließlich habe ich das Kopftuch abgenommen und mir über die Schultern drapiert wie einen Schal. Das war gar nicht schlecht, weil es meine knochigen Stellen viel besser kaschiert als die Ärmel. *Babaanne* sagt, dass man sich beschützt fühlt, wenn man ein Kopftuch trägt, aber bei mir war es genau das Gegenteil. Es hat nur die Aufmerksamkeit der anderen Gäste auf mich gezogen und das war das Letzte, was ich wollte.

Das Lied geht zu Ende und ein neues beginnt. Ich bleibe. Tanze wieder. Lache. Ich hatte ganz vergessen, wie viel Spaß das macht. Nach drei weiteren Tänzen gehe ich an meinen Platz zurück. Ich will mich ein bisschen ausruhen, einen Schluck Wasser trinken. Jetzt kommen bald die Männer auf die Tanzfläche und danach ruft der Zeremonienmeister die Gäste auf, Geld ans Kleid der Braut zu heften und die Goldschmuckgeschenke oder die Umschläge mit Bargeld zu überreichen.

Ich krame am Tisch in *Annes* Handtasche nach meinem Handy. Ich will ein bisschen an die frische Luft gehen, vielleicht Kelly anrufen, damit sie mich zum Lachen bringt. Das kann sie gut. Ich schlängle mich zum Ausgang durch.

»Wo willst du hin?«, ruft mir mein Vater nach, der mit ein paar anderen Männern an der Tanzfläche herumsteht.

»Ich geh nur eine Weile raus.«

»Mit wem?«, fragt er.

»Alleine.« Ich zucke die Schultern.

»Soll ich mitkommen?«

Ich schüttle den Kopf. »Nein, nein. Ist nicht nötig.«

»Willst du meine Jacke? Es ist kühl draußen.«

»Nein danke, *Baba*.«

Er nickt und lässt mich gehen.

Draußen lehne ich mich an die Seitenwand des Gebäudes, damit mich niemand sieht. Ich blicke zu der silbernen Mondsichel auf und frage mich, was Alex heute Abend macht.

Ein paar Jungs stehen zusammen, sie rauchen und lachen und machen auf cool, um die vier jungen Mädchen zu beeindrucken, die etwas abseits stehen. Eine davon raucht auch. Wenn das eine der älteren Frauen sieht oder wenn eine der jungen sie verpetzt, kriegt sie jede Menge Ärger. Die Mädchen kichern und klimpern mit ihren dick geschminkten Wimpern. In spätestens sechs Monaten stehen wir wieder hier, auf der nächsten Hochzeit, und eine von denen dort ist die Braut, da bin ich mir sicher.

Nach einer Weile gehen sie wieder rein und ich habe meine Ruhe, wenigstens so lange, bis wieder ein Raucher in die Kälte herausgestürzt kommt und gierig an seiner Zigarette zieht. Ich nehme mein Handy heraus, scrolle zu Kellys Nummer runter und drücke auf ›Wählen‹. Mein Anruf geht direkt auf die Mailbox. Komisch: Ihr Telefon ist sonst immer an, aber dann fällt mir ein, dass sie heute Abend mit ihrer Mutter ins Kino gegangen ist.

Und plötzlich läutet das Telefon in meiner Hand. Erschrocken drücke ich die Empfangstaste, ohne hinzusehen, und halte es an mein Ohr.

»Kelly?«

»Nein, ich bin's, Alex.«

Mir wird schwindlig, als ich seine Stimme höre. Ich habe keine Ahnung, was ich sagen soll.

»Zeyneb? Bist du noch da?«

»Ja, klar.«

»Was machst du gerade?«

»Ich bin auf einer Hochzeit. Meine Cousine hat heute geheiratet. Und du?«

»Zu Hause in meinem Zimmer, fernsehen. Ich dachte, ich ruf dich mal an und ...«

Ich muss lachen. »Ja, wie man sieht ...«

Natürlich darf ich nicht hier draußen im Mondschein stehen und mit Alex telefonieren. Das ist alles viel zu romantisch. Aber ich habe es so satt, immer brav zu sein, damit alle mit mir zufrieden sind, und ich habe es satt, mir die ganzen blöden Kommentare über mein Kopftuch anzuhören. Ich will einfach mal tun, was mir passt.

»Hör mal ...« Alex zögert. »Ich ... ich wollte dir sagen, es hat richtig Spaß gemacht neulich bei dir zu Hause.«

»Echt?« Ich kann es nicht glauben. »Obwohl wir ja nicht zum Spaß da waren.« Ich grinse. »Es sei denn, man steht auf Wettersatelliten.«

Alex lacht. »Also ich hatte jedenfalls Spaß. Nicht wegen der Wettersatelliten. Sondern mit dir. Ich ... ich bin einfach gern mit dir zusammen.«

Ich muss mich an die kalte Wand lehnen, damit meine Knie nicht unter mir einknicken. Er ist gern mit mir zusammen – sogar nachdem er *Anne* kennengelernt hat.

»Ich meine, selbst wenn wir nicht ... also wenn wir nicht ... du weißt schon, weil deine Eltern so streng mit dir sind ... selbst wenn wir nur Freunde sein dürfen, ist das okay für mich.«

Ich schließe die Augen und beiße mir mit aller Kraft auf die Unterlippe. Habe ich richtig gehört? Ich kann es kaum glauben. So was Schönes hat mir noch nie jemand gesagt. Ich bin so glücklich, dass ich jederzeit vom Boden abheben und zum Mond hochschweben könnte.

»Zeyneb?«

»Ich bin noch da«, sage ich leise.

»Was denkst du gerade?«

»Worüber?«

»Über das, was ich eben gesagt habe.«

»Ich glaube ... ich darf nicht ... ich darf einen Jungen nicht auf diese Weise mögen, Alex.« Ich flüstere beinahe.

»Ich weiß ...« Ich spüre, dass er jetzt auch mit sich kämpft. »Aber das andere ... Freunde sein? Das geht doch, oder?«

»Ja, das ist gut«, sage ich. »Freunde sein ist gut.«

»Freunde sein ist gut«, wiederholt er.

Ich gebe keine Antwort, strahle nur wie ein Honigkuchenpferd.

»Soll ich dann nächste Woche wieder zu dir nach Hause kommen – und wir machen am Projekt weiter?«

Ich nicke, bis mir klar wird, dass er mich ja nicht sehen kann. Ich Idiot! »Ja, klar.«

Stille. Alex zögert. »Ach übrigens: Was ist mit der Kirmes nächstes Wochenende?«, sagt er schließlich. »Wir müssen doch feiern, wenn wir mit unserem Projekt fertig sind. Würdest du mitkommen?«

»Du hast doch gerade gesagt ...«

»Nicht allein«, fügt er schnell hinzu. »Ich frage ein paar von meinen Kumpeln und du fragst Kelly, dann können wir in der Gruppe gehen.«

Ich weiß genau, was ich auf seinen Vorschlag antworten müsste. In meinem Kopf gibt es keinen Zweifel darüber. Ich weiß, was ich für ihn fühle, und ich bin mir ziemlich sicher, dass er das Gleiche für mich fühlt, und mit »nur Freunde sein« hat das nichts zu tun. Es wäre ein Date, oder nicht?

Alex sagt genau die richtigen Dinge, aber es ist nicht die Wahrheit. Nicht wirklich.

Ich stelle mir *Baba* und *Anne* und Elif und *Babaanne* vor, wie sie um mich herumstehen, die Arme verschränkt, und mich anfunkeln. Alle warten sie darauf, dass ich die richtige Antwort auf Alex' Frage gebe.

»Ich muss meine Eltern fragen.« Das ist nicht wirklich die richtige Antwort – aber sie ist auch nicht ganz falsch.

Die Tür geht auf und ein Mann kommt heraus. Mein Vater. Er sucht mit den Augen den Parkplatz nach mir ab.

»Ich muss Schluss machen«, wispere ich hektisch und beende den Anruf. Schuldbewusst halte ich das Telefon hinter meinen Rücken.

»Ah, Zeyneb, da bist du ja«, sagt *Baba* und seine Augen leuchten auf. »Das war eine gute Idee von dir. Viel zu heiß und voll da drin.« Er stellt sich neben mich und nimmt seine Jacke ab. »Hier, zieh das über, du musst doch frieren in dem dünnen Kleid.«

»Nein danke, *Baba*«, sage ich. »Alles gut.« Aber das stimmt nicht. Ganz und gar nicht.

Kapitel 15

Am Montag nach der Schule kommt Alex zu mir nach Hause. Ich habe den ganzen Tag kaum gewagt ihn anzusehen. Ich höre nur immer seine Stimme in meinem Kopf, wie er sagt: »Ich bin einfach gern mit dir zusammen.«

Es ist ein warmer Aprilnachmittag, Frühling liegt in der Luft und es wäre der helle Wahnsinn, in unserem stickigen alten Esszimmer zu versauern.

»Irgendwie absurd, dass wir unser Wetterprojekt in der Wohnung drinnen machen«, sagt Alex, der meine Gedanken liest, während Anne »unauffällig« um uns herumgluckt und den Türrahmen abstaubt. Inzwischen sind ihr schon fast die Arbeiten ausgegangen, die sie hier drinnen machen kann.

Draußen leuchten die Narzissen in der Sonne und die Blaumeisen sammeln Gras und Haar und irgendwelche Fussel für ihre Nester. Es stimmt – ich wäre gerne draußen. Aber ich trau mich nicht Anne zu fragen. Nein, nein, nein! Meine Mom würde denken, dass ich mit ihm allein sein will, und ich müsste wahrscheinlich den Krankenwagen rufen, weil sie vor Schreck in Ohnmacht fallen würde. Ich kann höchstens einen Kompro-

miss mit mir selbst schließen und meine Matheaufgaben draußen machen, wenn Alex nach Hause gegangen ist.

Okay – hier sitzen wir also. Vor mir liegt unser Diagramm
von einem Satelliten, der die Erde umkreist, und Alex hat sein
Bibliotheksbuch aufgeschlagen vor sich auf dem Tisch liegen.

»Wie heißt das Ding da? Das hier?«, frage ich und zeige auf
eine lange Ausstülpung an der Seite des Satelliten.

Alex sagt nichts. Ich blicke auf, aber er schaut nicht auf das
Diagramm. Er starrt mich an, das Kinn in die Hand gestützt.

»Alex?«, sage ich.

»O sorry. Was?« Sein Ellbogen rutscht vom Tisch herunter.

Ich lache. »Wie heißt dieses Ding? Ich muss es doch irgendwie benennen.«

»Das ist ein ... ähm ... das ist ...« Aber dann lacht er auch.
»Tut mir leid, Zeyneb. Ich hab keine Ahnung, wie das heißt.«

In der Küche läutet *Annes* Telefon. Als sie das Gespräch an-
nimmt, höre ich Panik in ihrer Stimme und ich weiß, dass etwas
passiert sein muss. Alex und ich wechseln einen Blick. Er hat es
auch gehört. Im nächsten Moment steht meine Mom mit ver-
störtem Gesicht im Esszimmer und zerknüllt ihr Geschirrtuch.

»Elif hat gerade angerufen«, stößt sie hervor. »Dilara ist
die Treppe hinuntergefallen, sie hat einen Schnitt über dem
Auge. Elif will, dass ich rüberkomme und auf Silvan aufpasse,
damit sie mit ihr zum Arzt fahren und die Wunde nähen lassen
kann.« Meine Mum sagt das alles auf Türkisch und daran sehe
ich, wie gestresst sie ist.

Arme Dilara! Ich lasse meinen Stift fallen und stehe auf.
»Ich komme mit dir.«

Das Geschirrtuch wird jetzt noch wilder zusammengezwirbelt. »Nein, Zeyneb, das geht nicht. *Babaanne* ist spazieren gegangen und es muss jemand da sein, wenn sie zurückkommt, weil sie keinen Schlüssel hat.«

»Aber, *Anne* ...«, wende ich ein.

»Wenn dein Vater nach Hause kommt, kannst du auf dein Fahrrad steigen und zu Elif rüberkommen, ja?«

Wir schauen beide zu, wie Mum ihre Schürze abnimmt und auf einem Stuhlrücken liegen lässt. Sie hat die Autoschlüssel in der Hand und ist schon halb zur Tür hinaus, als sie sich noch mal zu mir umdreht: »Und du bringst jetzt den Jungen raus – er kann ein anderes Mal wiederkommen.« Und damit ist sie verschwunden.

Alex schaut mich verwirrt an. »Was ist denn passiert?«

Ich erkläre ihm alles. Und während ich ihm den Notfall schildere, spiele ich mit dem Gedanken, Mums letzten Satz wegzulassen. Eine dumme Idee, ich weiß, aber wir sind jetzt endlich allein im Haus, ohne dass meine Mum um uns herumschwirrt, und nur dieses eine und einzige Mal ... Nur noch fünf Minuten, sage ich mir. Was soll schlimm daran sein, wenn wir noch fünf winzige Minuten zusammen sind? Aber ... was ist mit Dilara? Es ist doch hoffentlich nichts Schlimmes? Und darf ich überhaupt solche Gedanken haben, während Elif mit ihrer kleinen Tochter durch die Stadt ins Krankenhaus rast?

Alex hat gesagt, es ist okay für ihn, wenn wir nur Freunde

sind, und ich glaube ihm. Aber auch wieder nicht. *Ich hatte jedenfalls Spaß mit dir. Ich bin einfach gern mit dir zusammen.* Im Augenblick weiß ich nur eins: Ich will nicht, dass er nach Hause geht. Aber ich bin streng mit mir. Ich denke an mein Versprechen, meine Eltern nicht mehr anzulügen, und ich denke daran, dass Mum mir vertraut. Schließlich presse ich den fatalen Satz heraus, obwohl es verflixt wehtut.

»Meine Mum hat gesagt, du musst jetzt nach Hause gehen, Alex. Es tut mir leid, ich ...«

»Aber wir können doch nicht ... sollen wir nicht wenigstens das hier noch fertig ...«

Ich schüttle den Kopf. Langsam. Wenn ich ihm doch nur eine andere Antwort geben könnte – ich würde alles dafür geben.

»Okay, gut. Ich verstehe«, sagt er und versucht cool zu bleiben, aber er schafft es nicht ganz und ich höre seine wahren Gefühle heraus: Enttäuschung.

Natürlich will ich nicht, dass er enttäuscht ist ... Aber andererseits, wie würde ich mich fühlen, wenn er froh wäre, endlich von mir und meiner komischen Familie wegzukommen? Das wäre doch noch schlimmer, oder?

»Kann ich dir noch was zu trinken anbieten, bevor du gehst?«, frage ich zögernd. Nur weil es draußen so warm ist und er den ganzen Weg heimradeln muss – es wäre unhöflich, ihn einfach gehen zu lassen, ohne ihm etwas anzubieten ... Meine Eltern haben mir von klein auf eingetrichtert, dass man immer gastfreundlich sein muss ... Und daran halte ich mich jetzt, aber ich weiß, dass es eine Lüge ist. Der Grund, warum ich

Alex etwas zu trinken anbiete, hat nichts mit Höflichkeit und guten Manieren zu tun.

Alex nickt und ich spurte in die Küche, um was zu trinken für uns zu holen. Keinen Tee diesmal. Bei ihm zu Hause gibt es bestimmt Cola, Fanta und Sprite oder was auch immer zu trinken. Bei uns gibt es das nur zu besonderen Anlässen. Ich finde eine Packung Apfelsaft im Kühlschrank, schenke zwei Gläser voll und werfe noch ein paar Eiswürfel hinein – der Gipfel an Extravaganz.

Als ich mit meinen beiden Drinks in der Hand wieder ins Wohnzimmer komme, sehe ich, dass Alex seine Bücher schon weggepackt hat.

Ich reiche ihm seinen Apfelsaft, und bevor ich zum Nachdenken komme, rutscht mir heraus: »Willst du mal unseren Garten sehen?«

»Euren Garten?«

Ich nicke. »Ich liebe Pflanzen. Das ist so eine Art Hobby von mir, verstehst du.« Ich beiße mir auf die Lippen, bin gespannt, wie er reagieren wird.

»Ja, klar«, sagt er. »Ich mag Pflanzen auch.«

Alex folgt mir nach draußen. Ich führe ihn herum, bleibe an den wichtigsten Stellen stehen und gebe ihm die Erklärungen dazu. Wichtig für mich jedenfalls, weil dieser Garten ein bedeutsamer Teil meines Lebens ist, er gehört zu mir, seit ich auf der Welt bin. Ich zeige ihm die acht schlanken gelben Köpfe meiner türkischen Feuertulpen, die ich mühsam zum Blühen gebracht habe. Und ich zeige ihm die Stelle, wo ich vom Baum gefallen bin, als ich noch klein war, und mir das Schlüsselbein gebrochen habe. Oder den Rosenstrauch mit den weißen Knospen, der gepflanzt wurde, als Dilara auf die Welt kam ... Alex langweilt sich wahrscheinlich zu Tode, aber ich kann einfach nicht aufhören. Ich rede immer weiter ...

»Und hier habe ich letztes Jahr meinen Hamster begraben«, sage ich, als wir vor einem kleinen Krokushügel stehen.

»Ich hab noch nie ein Mädchen gekannt, das so auf Blumen steht«, sagt Alex.

Ist das gut? Wäre es nicht cooler, wenn ich mich mehr für Musik oder Filmstars interessieren würde? Er hält mich bestimmt für ein bisschen bescheuert.

»Na ja«, sage ich und kehre den Krokussen den Rücken, »ich mag auch andere Sachen, klar. Ich meine, Facebook und MTV und so was alles.«

Aber er hört mir gar nicht zu. Er starrt mich nur an. »Das mag ich ja gerade an dir«, sagt er leise. »Du bist nicht wie die anderen Mädchen. Du redest nicht die ganze Zeit nur von Jungs und Schminken und Klamotten ...«

Er kommt einen Schritt näher und seine Finger berühren meine, wie beim letzten Mal, als ich ihn aus dem Haus gebracht habe.

Ich weiß, dass ich zurückweichen müsste. Oder zumindest meine Hand wegziehen. Ja, ich dürfte gar nicht mit ihm hier stehen, aber ich bin wie gelähmt. Kann mich buchstäblich nicht von der Stelle rühren. Kann nicht mal den Mund aufmachen. Ich kann nur zu ihm zurückstarren, auf die winzigen gelben

Pünktchen in seinen Augen. Waren die schon immer da? Er senkt den Kopf und sein Gesicht ist noch näher an meinem. Ich weiß, was jetzt kommt.

Ich will weglaufen.

Oder schreien.

Aber ich mache nichts.

Ich spüre die warme Luft von seiner Nase auf meiner Wange. Ganz schwach nehme ich den Geruch von Schulbüchern an ihm wahr. Ich weiß, dass ich zu schnell atme. Seine Lippen sind leicht geöffnet und ich starre darauf. Im nächsten Moment sind sie auf meinen. Seine Lippen. Sie sind warm, weich, und sie ziehen mir den Boden unter den Füßen weg, jagen mich ins All hinauf, samt Wettersatelliten und allem anderen.

Spätestens jetzt müsste ich die Notbremse ziehen. Das weiß ich. Jetzt, sofort. Solche Gefühle darf ich niemals zulassen, nie auch nur in die Nähe von Wettersatelliten kommen. Aber jetzt aufhören, die Notbremse ziehen, ist hart, das Schwerste, was bis jetzt in meinem Leben von mir verlangt wurde. Dabei will ich nur eins: mich an ihn schmiegen, ihn die Arme um mich legen lassen ...

Aber nein, ich beherrsche mich. Ich springe zurück und drehe den Kopf von ihm weg.

»Ich glaube ...« Ich ringe nach Luft, kann nur murmeln. »Ich glaube, du musst jetzt nach Hause.«

»Tut mir leid«, sagt Alex, aber er sieht nicht wirklich zerknirscht aus. »Ich ... es ist nur ... Ich mag dich, Zyneb.«

»Nein, nicht ... es muss dir nicht leidtun ...« Ich kann kaum reden, als hätte ich gerade erst sprechen gelernt. Andere Sätze als die, die jetzt von mir kommen müssten, stellen sich mir in den Weg. Sätze wie »Geh nicht. Ich mag es, wenn deine Finger meine berühren. Küss mich noch mal«.

Aber endlich gewinnen die richtigen Sätze die Oberhand: »Es muss dir nicht leidtun, Alex. Du musst jetzt nach Hause.«

Ich finde den Mut, ihn anzusehen, und er nickt. Er versteht. Er muss nicht Tschüss sagen, weil ich es in seinen Augen lesen kann. Ich muss nicht sagen: »Ich bring dich nicht raus. Ich bleibe hier«, weil er es an meinem Tonfall erkennt.

Dann geht er über den Rasen zum Haus. Ich schaue ihm nach, aber kurz bevor er die Terrasse erreicht, zuckt er plötzlich zusammen. Sein Rücken versteift sich und er starrt zum oberen Stockwerk hinauf.

Ich folge seinem Blick.

Babaanne steht an ihrem Schlafzimmerfenster und schaut auf den Garten herunter.

Kapitel 16

Es gibt ein paar Dinge in meinem Leben, an denen es nichts zu rütteln gibt. Die hundertprozentig sicher sind. Nein, zweihundertprozentig. Vergiss die Haie. Das hier sind Krokodile. Riesige grüne Krokodile, die seit Wochen nichts gefressen haben und mit aufgesperrtem Rachen am Flussufer meines Lebens lauern.

Krokodil Nr. 1:

Auch wenn *Babaanne* noch so aufgeschlossen ist, eine Gazelle, die das grünere Gras sucht, eins wird sie niemals akzeptieren: dass ein Junge mich zu Hause im Garten küsst, wenn meine Eltern nicht da sind.

Krokodil Nr. 2:

Und niemals, unter keinen Umständen, wird sie es einfach auf sich beruhen lassen, ohne mit meinem Vater darüber zu reden.

Krokodil Nr. 3:

Die Reaktion meiner Eltern, als sie mich auf Kellys Party erwischt haben, ist nichts, aber auch gar nichts im Vergleich zu dem, was mich erwartet, wenn sie das hier erfahren.

Okay. Das alles steht für mich fest, felsenfest. Nur in einem bin ich mir nicht sicher, aber genau dieses eine ist *extrem wichtig* für meine Entscheidung, was ich jetzt tun soll. Ich nenne es mal den Krokodilfänger.

Fakt ist, ich habe keine Ahnung, ob *Babaanne* tatsächlich gesehen hat, wie wir uns geküsst haben, oder nicht.

Am nächsten Tag steht unser Haus noch. Keine Bombe ist geplatzt und hat es in die Luft gejagt. Was aber nicht viel heißt, wie ich leider nur zu gut weiß. *Babaanne* lässt mich schmoren, lässt mich Stunde um Stunde darüber nachdenken, ob sie mich gesehen hat oder nicht, ich werde im Ungewissen gehalten, bis ich in Reue zerfließe. Mit anderen Worten, meine Großmutter ist Weltmeisterin im beliebtesten aller Erwachsenen-Spiele: einen darüber nachdenken zu lassen, was man angestellt hat.

Und ich denke darüber nach. Ich grüble und grüble, zermartere mir den Kopf und es tut mir auch leid, ich sehe ein, dass es falsch war. Ich habe letzte Nacht kaum geschlafen. Heute Morgen beim Frühstück gehe ich *Babaanne* aus dem Weg. Ich schleiche in die Küche, als ich sie ins Bad gehen höre (zum Glück braucht sie immer eine Ewigkeit), und schlinge mein Frühstück in Rekordzeit hinunter. Ich gebe *Baba* und *Anne* einen Kuss, in dem Wissen, dass das hier der letzte friedliche Moment in unserem Haus sein könnte – für eine Ewigkeit, ja vielleicht für unser ganzes restliches Leben.

Ich schnappe mir meine Schultasche, springe auf mein Rad

und strample los zu Kelly. Was wird *Babaanne* ihnen erzählen, wenn sie aus dem Badezimmer kommt?

»Was ist los?«, fragt Kelly, sobald sie mich sieht.

»Wieso? Was soll sein?« Es ist schwer, in Worte zu fassen, was passiert ist, sogar gegenüber Kelly.

»Ich sehe doch, dass was nicht stimmt«, sagt sie. »Was ist denn passiert?«

Ich hole tief Luft und zwinge mich es auszusprechen. »Alex hat mich gestern in unserem Haus geküsst.«

Kelly kann sich nur mühsam ein Grinsen verkneifen. Um ihre Mundwinkel zuckt es.

»Da gibt's nichts zu grinsen«, sage ich. »Das ist kein Spaß.«

»Und das ist alles?«, fragt Kelly. »Ein Kuss?«

»Kelly!«

»Wie war's denn?«

Ich stöhne. »Jetzt hör mir doch bitte mal zu. Ich muss dir erzählen, was passiert ist. Hinterher, also nach dem Kuss und so, haben wir hochgeschaut und *Babaanne* an ihrem Schlafzimmerfenster stehen sehen.«

»O je.« Kelly weiß genug über unsere Familie, um zu begreifen, was für ein Super-GAU das ist.

»Wenn sie uns gesehen hat, bin ich tot.«

»Wieso? Was machen sie dann mit dir?«

»Mich aus der Schule nehmen, das ist das Erste. Und vielleicht stecken sie mich in eine Mädchenschule.«

»Aber das können sie doch nicht machen«, stößt Kelly fassungslos hervor.

»Klar können sie das«, sage ich, »und das ist nur der Anfang.«

»Dann läufst du eben weg. Du kannst doch bei uns wohnen.«

»Ja, klar, als ob sie mich dort nicht finden würden.«

»Aber sie können dich doch nicht einfach so wegnehmen«, stöhnt Kelly.

Ich antworte nicht, weil uns beiden klar ist, dass sie tun können, was immer sie wollen. Kelly ist fast genauso niedergeschmettert wie ich, das kann ich sehen. Nur dass sie natürlich diese Angst nicht hat, die mir im Nacken sitzt.

Wir steigen auf unsere Räder und fahren langsam zur Schule und auf dem ganzen Weg dorthin reden wir kein Wort mehr miteinander.

Ich sitze wie ein Steinklotz an meinem Platz, bin unfähig, etwas zu machen oder auch nur mit jemandem zu reden. Ich kreuze nicht mal die Lösungen im Mathetest an. Nur zu zwei Dingen raffe ich mich auf: Alex aus dem Weg zu gehen, komme, was wolle, und alle paar Minuten mein Telefon zu checken, ob *Baba* oder *Anne* mich angerufen haben. Oder auch Elif. Aber das Display bleibt leer, außer den vielen SMS von Alex. Ich weiß, ich müsste sie sofort löschen, tu's aber nicht. Ich speichere sie ungeöffnet. Ich werde sie später lesen und dafür hasse ich mich noch viel mehr.

Als Alex in der Pause auf mich zugelaufen kommt, flüchte ich mich ins Mädchenklo, bis es läutet. Ich komme erst ins Klassenzimmer, als die Stunde schon anfängt, nur um ihm aus dem Weg zu gehen. Ich rede nie wieder mit Alex, kein einziges Wort, so viel steht fest. *Du Heuchlerin*, wispert eine Stimme in meinem Hinterkopf. *Gestern hättest du ihm aus dem Weg gehen müssen, solange es noch was genützt hätte. Jetzt ist es zu spät.*

In der letzten Stunde haben wir Geografie und Mr Stein sagt, wir sollen uns mit unserem jeweiligen Partner zusammensetzen und an dem Projekt weiterarbeiten. Mist. Ich kann unmöglich neben Alex sitzen. Ich darf ihm keinen Schritt näher kommen. Mein Arm schießt hoch, sobald Mr Stein seine Anweisungen gegeben hat.

»Ja, was ist, Zeyneb?«, ruft er.

»Kann ich ins Sekretariat gehen, Sir? Ich habe Bauchschmerzen.«

»Jetzt gleich? Kannst du nicht warten, bis die Stunde vorbei ist?«

Ich presse die Hände auf meinen Bauch und fange an zu stöhnen. »Nein, Sir, ich glaube, mit mir stimmt was nicht.«

»Gut. Gut. Dann geh nur. Und komm sofort wieder zurück, wenn du ...«

Ich bin schon zur Tür hinaus, bevor er seinen Satz beendet hat. Natürlich gehe ich nicht ins Sekretariat. Ich flüchte in den Empfangsbereich mit den weichen Sesseln und den vielen Grünpflanzen, in dem Eltern und andere Besucher sich aufhalten. Dort warte ich aufs Läuten. Hier wundert sich niemand über meine Anwesenheit, das weiß ich, weil alle davon ausgehen, dass ich auf meine Eltern warte. Aber dann kommt Mr Rubens auf dem Weg ins Lehrerzimmer an mir vorbei. Ausgerechnet Mr Rubens – das hat mir noch gefehlt. Er ist mein absoluter Lieblingslehrer.

»Zeyneb?«, sagt er und seine Stimme klingt besorgt.

Ich werfe ihm ein schwaches Lächeln zu und hoffe, dass er weitergeht. »Ich warte auf meine Mum, die mich gleich abholt. Mir ist nicht gut.«

Aber er geht nicht weiter. Das wäre auch zu einfach für ein Stromschnellen- und Wasserfallleben wie meines. Nein, Mr Rubens setzt sich mir gegenüber. »Ja, ich dachte mir schon, dass mit dir was nicht stimmt. Du hast heute Morgen beim Mathetest keine einzige Aufgabe gelöst. Das passt gar nicht zu dir, Zeyneb.«

Mir schießen die Tränen in die Augen, weil ich nicht auch noch Mr Rubens enttäuschen möchte. Als hätte ich nicht schon genug Probleme am Hals.

»Mir ist irgendwie nicht gut«, wiederhole ich schwach.

»Wenn du willst, kannst du den Test nachschreiben«, schlägt er vor.

Ich nicke, aber ohne Überzeugung.

»Ich setze hohe Erwartungen in dich, Zeyneb, das weißt du doch?«

Ich zucke die Schultern.

»Du hast einen gut funktionierenden Kopf auf den Schultern, und wenn du weiter so fleißig arbeitest, wirst du es eines Tages noch weit bringen.«

Das muntert mich ein bisschen auf. »Sie meinen, dass ich an die Uni gehen kann?«, frage ich und beuge mich vor. Dabei nehme ich den Arm von meinem Bauch, bis mir einfällt, dass ich ja krank bin. Schnell presse ich den Arm wieder drauf.

»Ja, genau – das meine ich.«

»Aber ich bin doch ...«

»Du bist was?«

»Ich bin doch Muslimin«, stoße ich hervor. »Ich muss vielleicht irgendwann in nächster Zeit ein Kopftuch aufsetzen.«

Mr Rubens' Gesicht wird ernst. Entweder denkt er: »O Gott, wie schrecklich«, oder er spielt einfach den »besorgten Lehrer«. Ich weiß es nicht. »Und das ist ein Problem, weil ...?«

»Na, weil ich an die Uni will. Unbedingt.«

Mr Rubens reibt sich das Kinn mit Daumen und Zeigefinger. Er schweigt lange. »Aber was hindert dich daran, mit einem Kopftuch an die Uni zu gehen – oder hab ich da irgendwas nicht mitgekriegt?«

»Ich ... ich hab Angst, dass ... ich meine, damit sende ich doch eine bestimmte Botschaft aus?«

»Darüber musst du dir jetzt noch keine Gedanken machen. Natürlich wird es immer Leute geben, die dir mit Vorurteilen begegnen, weil sie Angst vor fremden Kulturen haben, aber du kannst es sowieso nie allen recht machen. Jemand, der so viel Potenzial hat wie du, Zeyneb, sollte einfach seinen Weg gehen und das Beste daraus machen. Und wenn sich jemand aufregt, weil du ein Kopftuch trägst, musst du ihn einfach ignorieren.«

»Aber wird es mit Kopftuch nicht viel schwerer für mich?«

»Ja, vielleicht. Man ist nie gegen Leute gefeit, die einem das Leben schwermachen wollen. Bei dir ist es das Kopftuch, bei anderen das Geld, das sie nicht haben, oder dass sie nicht intelligent genug sind. Das Leben ist hart, Zeyneb. Das ist eine Tatsache. Aber das bedeutet nicht, dass wir uns davor verstecken müssen.«

Ich will mir das nicht mehr anhören. Ich will es nicht wissen und schon gar nicht heute. Mir schwirrt sowieso schon der Kopf. Ich habe genug von den ganzen Ratschlägen, die andere mir geben. Ich will nicht mehr darüber nachdenken.

»Da ist Mum«, sage ich und schaue durchs Fenster auf den Lehrerparkplatz. Ich stehe auf und gehe zur Tür.

»Du kannst den Test morgen nachholen, wenn es dir besser geht«, ruft Mr Rubens mir nach.

»Wiedersehen, Sir. Danke«, sage ich.

Ich gehe zur Tür hinaus in Richtung Parkplatz. Ich kann nur hoffen, dass Mr Rubens mir nicht nachschaut. Schnell husche ich hinter eine Mauer und schleiche zum Fahrradschuppen.

Ich habe genug für heute, ob es geläutet hat oder nicht. Ich muss hier raus.

Kapitel 17

Heute ist der Tag, an dem wir unser Projekt in der Klasse vorstellen müssen. Ich wäre ja zu Hause geblieben, wenn ich ge-
konnt hätte, aber *Anne* hat mich nicht gelassen, obwohl ich ihr
vorgejammert habe, dass mir schlecht ist.

»Unsinn«, hat sie gesagt. »Ich hab doch gesehen, wie hart
ihr beide an diesem Projekt gearbeitet habt, und jetzt gehst du
auch hin und trägst es vor. Ich lege dir eine Schmerztablette in
deine Lunchbox, die kannst du später nehmen, wenn du immer
noch Bauchweh hast«, sagt sie.

Ich habe noch ein bisschen herumgejammert, aber sie blieb
standhaft. Schließlich bin ich aus dem Haus gegangen und
habe mein Fahrrad geholt. Der einzige Lichtblick ist, dass der
Kuss keine weiteren Folgen hatte. Ich bin noch mal davonge-
kommen. Obwohl *Babaanne* etwas distanziert wirkt. Kann sein,
dass ich es mir nur einbilde, und in Wahrheit hat sie Verdau-
ungsprobleme oder was alte Leute eben so haben. *Baba* und
Anne behandeln mich normal, woraus ich schließe, dass meine
Großmutter ihnen nichts gesagt hat. Mir geht so viel im Kopf
herum – das ganze Chaos mit Alex, unsere Präsentation, was

Mr Rubens mir gestern zum Thema Kopftuch gesagt hat –, da bin ich froh, dass ich mir nicht auch noch wegen *Babaanne* Gedanken machen muss. Mehr als froh.

In der zweiten Stunde haben wir Geografie und Mr Stein macht ein Riesending aus der Präsentation. Anscheinend zählt das Projekt mehr für unsere Noten, als mir klar war – gut, dass Alex und ich so hart dafür gearbeitet haben. Wir sitzen im Computer-Raum und Mr Stein baut den Projektor auf. Er hat die andere Geografielehrerin und ihre Klasse zu unserer Präsentation eingeladen. Nächste Woche dürfen wir dann bei ihnen zuhören.

In der Klasse herrscht aufgeregtes Stimmengewirr. Die Projektteams sitzen an ihren Plätzen zusammen und gehen noch mal die letzten Einzelheiten durch. Ein paar von ihnen haben riesige Poster mit aufgeklebten Wetterbildern mitgebracht. Alex und ich machen nur eine Powerpoint-Präsentation, so dass wir zum Glück nichts zu besprechen haben. Dachte ich wenigstens. Aber Alex hat einen XXL-Karton mit einer Fußballflagge von Barcelona dabei. Er grinst übers ganze Gesicht, als er ihn an unseren Platz schleppt. Was in aller Welt ist da drin? Ein Kuchen? Ein kleiner Hund? Ein Menschenkopf? Ich habe keine Ahnung.

Ich weiß nur, dass ich nicht mit ihm sprechen will.

Ich springe von meinem Stuhl auf und stürze nach vorne. »Kann ich Ihnen vielleicht bei irgendwas helfen, Sir?«, sage ich und stoße fast mit Mr Stein zusammen.

»Danke, aber ich hab alles im Griff, Zeyneb«, sagt er. »Geh

wieder an deinen Platz zurück. Wir fangen in wenigen Minuten an.«

Mir bleibt nichts anderes übrig, als zu Alex zurückzugehen, der dort mit seinem Karton steht, samt Grübchen, schwarzem Pony über einem Auge und erwartungsvollem Blick. Ich muss zu Alex zurück, in dem Wissen, was wir vor vier Tagen gemacht haben. Alle anderen sind beschäftigt und ich kann ja nicht zu einem anderen Team gehen und *denen* bei ihrem Projekt helfen.

»Zeyneb?« Alex lächelt immer noch, aber gleichzeitig nagt er an seiner Unterlippe. Ich will ihm sagen, dass es mir leidtut. Er kann ja schließlich nichts dafür, dass ich keine Jungs küssen darf.

»Willst du mal sehen, was ich gemacht habe?« Alex stellt den Karton auf einen leeren Tisch und zieht die Fußballflagge heraus. Ich starre hinein.

Unten am Boden des Kartons liegt ein riesiges Pappmaschee-Gebilde. Es ist auf einen Luftballon aufgezogen, so viel sehe ich. Das Ding hat alufolienumwickelte längliche Fortsätze und einen kleinen Spiegel an der Oberfläche.

»Das ist ein Wettersatellit«, sagt er überflüssigerweise. Ich habe sofort erkannt, was es sein soll. Schließlich haben wir uns die letzten zehn Tage mit nichts anderem beschäftigt. »War gar nicht so einfach. Mein Dad und ich haben zwei Tage gebraucht, bis wir ihn fertig hatten. Ich dachte, vielleicht kriegen wir ein paar Extrapunkte dafür.«

Der Satellit ist super, das muss ich zugeben. Aber irgendwie bin ich noch sauer auf Alex ... na ja, nicht direkt sauer, aber ... Ich bin jedenfalls nicht bereit, wieder mit ihm zu reden, als wäre nichts geschehen.

»Das war aber nicht ausgemacht, dass wir ein Modell bauen«, sage ich. »Oder hab ich da was verpasst?« Meine Stimme hört sich grässlich an – vorwurfsvoll, fast giftig.

Alex klingt jetzt auch wütend. »Mann, Zeyneb – ich hab die ganze Zeit versucht dich zu erreichen. Ich wollte mit dir reden, aber du gehst ja nicht ans Telefon und meine ganzen SMS hast du auch nicht beantwortet. Was zum Teufel soll ich da machen?«

Bevor ich darauf antworten kann, ruft Mr Stein in die Klasse: »Also, Leute, wir fangen jetzt an. Geht bitte an eure Plätze.«

Alex und ich setzen uns schnell. Kelly und David werden als Erste nach vorne gerufen. In ihrer Präsentation wird aufgezeigt, wie der Mensch im Lauf seiner Entwicklung bestimmte Wettermuster beeinflusst und verändert hat. Der Vortrag ist nicht schlecht. Als Kelly an meinem Stuhl vorbeigeht, halte ich anerkennend meinen Daumen hoch. Als Nächstes kommen Celeste und Mustafa an die Reihe – ihr Thema sind extreme Wetterlagen. Danach hören wir Jamal und Nicole zu, dann Christine und Matt und endlich ruft Mr Stein Alex und mich auf.

Wir sind gut vorbereitet, das weiß ich. Ich werfe einen Blick zu Alex und sehe, wie er sich die Handflächen an der Hose abwischt. Meine Hände sind auch schwitzig, wie ich jetzt merke. Wir bitten Mr Stein, das Licht auszumachen, und dann fangen wir mit der Powerpoint-Präsentation an und klicken die Dias von diversen Wettersatelliten durch – wie sie funktionieren, welche Bilder sie auf die Erde hinunterschicken.

Wir wechseln uns ab – einmal gebe ich die Erklärungen zu einem Dia, dann wieder Alex, wie wir es geübt haben. Alles läuft glatt. Niemand zappelt herum oder tuschelt oder was auch immer. Celeste hat ihr Kinn in die Hand gestützt, Jamals Mund steht offen, als würden wir etwas total Kompliziertes über Fußball oder so erklären. Ich beiße mir auf die Unterlippe und unterdrücke ein Lächeln. Es gefällt ihnen. Niemand wirkt gelangweilt. Das ist super! Alle paar Sekunden sehe ich Mr Stein leicht in unsere Richtung nicken. Ich weiß, dass wir unsere Sache gut machen. Ich liebe dieses Gefühl, wenn ich sehe, dass meine Arbeit sich gelohnt hat.

Nach dem letzten Dia enthüllt Alex sein Modell. Mr Stein knipst das Licht wieder an und lässt alle nach vorne kommen, damit sie sich Alex' Wettersatelliten genauer ansehen können. Wir beide treten einen Schritt zurück und unsere Klassenkameraden drängen sich um den Tisch.

Alex' Mundwinkel zucken und ich weiß, dass er jetzt auch ein Siegeslächeln unterdrücken muss, so wie ich vorhin. Meine Lippen sind fest zusammengekniffen. Ich will ja nicht wie der letzte dümmlich grinsende Idiot dastehen.

»Ich glaube, die finden es gut«, flüstert Alex mir zu.

Ich nicke. »Ja, ich weiß. Und tut mir leid wegen vorhin – der Wettersatellit ist toll.«

»Du kannst ihn haben, wenn du willst.«

Ich lächle. »Nein, das kann ich nicht annehmen. Du musst eine Ewigkeit dran gearbeitet haben.«

»Hab ich auch. Aber ich hab's für dich gemacht. Als Entschuldigung – für den Kuss. Dafür, dass ich dich in Schwierigkeiten gebracht habe.«

Das muss dir nicht leidtun, würde ich gern sagen. »Ich hab keinen Ärger gekriegt«, murmle ich stattdessen.

»Gut, dann bin ich froh.« Alex stößt einen tiefen Seufzer aus.

»Ich liebe meinen Satelliten«, füge ich hinzu. Nicht irgendeinen x-beliebigen Satelliten, sondern ein von Alex handgefertigtes Modell.

»Okay, ich danke euch allen. Ihr könnt euch jetzt wieder hinsetzen«, ruft Mr Stein. Er tritt hinter Alex und mich und legt seine Hände leicht auf unsere Schultern. »Gut gemacht, ihr beiden. Das war ausgezeichnet.«

Wir mischen uns unter die anderen und gehen an unsere Plätze zurück. Ich drücke den Karton an meine Brust. Mr Stein ruft das nächste Team nach vorne.

»Heißt das, du kannst jetzt doch am Wochenende auf den Rummelplatz kommen?«, flüstert Alex mir zu.

Ich schaue auf meinen schönen Wettersatelliten hinunter und alle meine Zweifel, alle meine guten Vorsätze, das Richtige zu tun, fliegen zum Fenster hinaus, zu den echten Satelliten, die dort draußen im All kreisen.

Ich nicke.

Kapitel 18

Immer wieder sage ich mir, dass ich nichts Schlechtes mache. Alex hat sich für den Kuss entschuldigt und er hat mir sogar seinen Wettersatelliten geschenkt, weil es ihm leidtut. Außerdem – was ist schon dabei, wenn ich mit ein paar anderen Leuten auf den Rummelplatz gehe? Ich hämmere es mir alle paar Sekunden ein, manchmal sogar laut. Nur um die nagende Stimme in meinem Kopf zu übertönen, was mir aber nicht wirklich gelingt. *Du machst es schon wieder, Zeyneb. Deine Eltern hintergehen. Du magst ihn einfach zu sehr, diesen Alex.*

Ich stehe mit Kelly an der Schiffschaukel. Es ist fünf Uhr, wir sind hier verabredet. Mein Vater hat uns hergebracht und mir den üblichen Vortrag gehalten, was ich tun darf und was nicht. Ich habe kein Wort von dem gehört, was er gesagt hat. Die anderen kommen mit dem Bus: Julie, Christine, Jamal, David, Matt und Alex.

»Wie seh ich aus? Okay?«, frage ich Kelly und rücke zum zehnten Mal mein Top zurecht, damit es richtig fällt und meine flache Brust kaschiert.

Kelly lacht.

»Was ist?«, frage ich.

»Das hast du mich noch nie gefragt, deshalb.«

»Na und?«, fauche ich. »Ich will gut aussehen. Was ist falsch daran?«

»Nichts.« Sie lächelt. »Und du siehst auch gut aus. Nicht viel anders als sonst, aber trotzdem gut.«

»Und meine Schuhe?«, frage ich.

»Die sind auch okay – ich seh keinen Unterschied zu deinen anderen Sneakers«, sagt sie.

»Sind ja auch die gleichen«, antworte ich niedergeschlagen. »Ich hab sie im selben Laden gekauft.«

Kelly grinst mich an. »Was willst du, Zeyneb? Aus dir wird nie 'ne Barbiepuppe und aus mir auch nicht. Am besten, du findest dich gleich damit ab.«

Ich nicke, obwohl es mir leidtut, dass ich nicht bei Elif vorbeigegangen bin und einen Touch Eyeliner aufgetragen habe. Den neuen blauen, den sie letzte Woche draufhatte.

Plötzlich kommen zwei warme Hände von hinten und legen sich auf meine Augen. An der Art, wie es prickelt, erkenne ich sofort, wessen Hände es sind. Lachend ducke ich mich darunter weg und drehe mich zu ihm um. Alex, klar. Hinter ihm stehen seine Freunde, alle aufgegelt und grinsend und voller Vorfreude auf diesen Rummelplatzabend, obwohl sie nur mit ein paar Mädchen zusammen sind, die sie sowieso jeden Tag in der Schule sehen.

Neben Jamal steht ein Mädchen, das ungefähr einen Kopf kleiner ist als er. Halb ängstlich, halb frech grinst sie uns an.

Ich könnte schwören, dass ich sie schon irgendwo gesehen habe.

»Meine Schwester Leyla.« Jamal zuckt die Schultern. »Ich musste sie mitnehmen – meine Eltern haben mich dazu gezwungen.«

Mir bleibt fast das Herz stehen, als ein zweites Mädchen hinter Leyla auftaucht. Es ist Semra, meine Cousine.

»Was machst du denn hier?«, fauche ich sie an.

»*Anne* hat gesagt, ich kann mit Leyla gehen«, sagt Semra. »Wir sind in derselben Klasse. Und deine Mum hat meiner erzählt, dass du auch dort bist und ein Auge auf mich haben kannst.«

Mir fehlen die Worte. Mum hetzt mir meine Cousine auf den Hals, ohne mich auch nur zu fragen! Das ist wieder mal typisch. Ich weiß noch, wie ich als kleines Mädchen einfach meinen älteren Cousinen mitgegeben wurde, was die natürlich gar nicht witzig fanden. Jetzt hat sich das Blatt gewendet und ich stehe mit Semra da, meiner vorwitzigen Cousine, die überall ihre Nase reinstecken muss. Ausgerechnet heute Abend!

»Hast du kein eigenes Leben, oder was?« Ich funkle Semra an und sie streckt mir die Zunge heraus.

Leyla sagt zu ihrem Bruder: »Wenn du nicht nett zu uns bist, sag ich's nachher Mum.«

Jamal fährt herum und boxt sie gegen die Schulter. Nicht hart, aber fest genug, dass sie beinahe hinfällt. »Halt bloß die Klappe, du Petze!«, zischt er sie an.

Wir marschieren im Eiltempo los, um die beiden Mädchen abzuhängen, und stellen uns in die Schlange für die Schiffschaukel. Alex will für mich bezahlen, aber ich lasse ihn nicht. Das wäre ja dann fast wie ein Date.

»Nur Freunde, hast du gesagt«, erinnere ich ihn und er zuckt die Schultern und steckt das Geld wieder in die Tasche.

Wir haben jede Menge Spaß. Wir waren schon auf dem Freifaller, dem Terminator und natürlich im Autoscooter. Und selbst Jamal und David, die sonst immer solche Idioten sind, lachen die ganze Zeit und ziehen sich gegenseitig auf. Immer wenn Leyla und Semra neben uns auftauchen, schicken wir sie unter irgendeinem Vorwand weg: »Kauft uns eine Cola, kauft uns noch eine Cola, ihr seid zu jung für das hier, fahrt lieber mit dem da drüben – ist bestimmt toll ...«

Wir stellen uns für Tickets am Dive Coaster an. Mein Geld ist fast weg und ich will auch noch auf den Breakdancer, aber ich will nichts sagen. Die anderen haben anscheinend alle endlos Bargeld in der Tasche.

Ich trete aus der Schlange. »Hey, ich glaube, das hier lass ich aus. Ich geh mir Zuckerwatte holen«, sage ich.

»Aber wir sind doch schon fast dran«, sagt David unnötigerweise.

»Ich weiß, aber ich hab jetzt echt keine Lust drauf. Bis ihr fertig seid, bin ich wieder da.«

Dann gehe ich los, auf der Suche nach Zuckerwatte. Hinter mir höre ich Schritte über den Kies knirschen.

»Alles okay?«, fragt Alex. Er geht langsamer, passt sich meinem Schritt an.

»Ja, klar. In fünf Minuten bin ich zurück«, sage ich.

»Ich will mir was zu trinken holen«, sagt er. »Außerdem sind meine Eltern keine Millionäre. Mein Geld ist fast weg.«

»Meins auch.« Ich lächle.

Alex kommt ein bisschen näher und wir gehen Seite an Seite. Es ist ein gutes Gefühl, ihn so dicht neben mir zu haben. Aber die nagende Stimme ist auch wieder da und zischt mir zu: *Siehst du, Zeyneb, du machst es schon wieder. Und du magst ihn zu sehr.*

Unauffällig (denke ich zumindest) rücke ich von ihm ab.

»Ich beiße nicht, Zeyneb«, sagt Alex.

Ich bleibe stehen und gehe in den Spalt zwischen zwei Buden. Ich muss es ihm sagen. Muss es ihm klarmachen. Ich weiß nicht, wo dieser Entschluss plötzlich herkommt, aber er ist da und ich bin froh darüber. Meine Eltern denken, dass ich mit Kelly auf der Schiffschaukel bin, während ich in Wahrheit mit einem Jungen herumlaufe, den ich mehr mag, als gut für mich ist. Ein Junge, der mich geküsst hat. Ich will ihnen das nicht antun. Ich hole tief Luft und fange an:

»Ich ... ich glaube, du weißt, dass ich dich mag, Alex, oder?«

»Ich mag dich auch«, sagt er sofort und seine Augen sind ganz ernst und verständnisvoll. Wenn er mich weiter so anschaut, bringe ich es nicht fertig, ihm zu sagen, was ich ihm sagen muss. Deshalb drehe ich den Kopf weg und starre auf die Schrift an der Seitenwand der Bude, die verkündet, dass es hier die besten Pommes im ganzen Land gibt.

»Und du weißt auch, dass es bei uns muslimischen Mädchen und Jungen anders ist als bei euch. Das hab ich dir ja
schon gesagt. Wir dürfen in diesem Alter keinen Freund oder
keine Freundin haben. Das ist streng verboten.«

»Aber ich kenne andere türkische Mädchen, die Freunde
haben«, wendet er ein.

»Ja, ich weiß. Die gibt es auch, aber so will ich nicht sein.
Diese Mädchen müssen dauernd Angst haben, dass sie erwischt werden, und meistens kommt es sowieso irgendwann
raus. Das weiß ich, weil meine Schwester auch einen Freund
hatte. Meine Eltern sind, wie sie sind, verstehst du. Ich will sie
nicht hintergehen.«

Alex senkt den Kopf und sein Pony fällt ihm übers Auge. Er
sieht traurig aus. »Aber ich dachte, wir könnten wenigstens
Freunde sein?«

»Das haben wir versucht und es hat nicht wirklich funktioniert, oder? Es funktioniert auch jetzt nicht.«

Alex macht einen Schritt auf mich zu und seine Hände grei-
fen automatisch nach meinen. Seine langen Finger schlingen
sich um meine und wärmen sie. Ich will zurückweichen, aber er
sieht so traurig aus, dass ich es nicht übers Herz bringe.

»Aber ich mag dich wirklich, Zeyneb. Ich will nicht, dass es
wieder so ist wie vorher – nur Klassenkameraden.«

»Du findest andere Mädchen, die du mögen kannst«, sage
ich, aber es klingt so falsch, dass ich mich dafür hasse.

»Und du? Findest du auch andere Jungs, die du mögen
kannst?«

»Hoffentlich nicht. Für mich ist das viel komplizierter. Ich will erst die Schule fertig machen und an die Uni gehen, dann sieht man weiter.«

Sein Griff um meine Finger wird fester. »Ich will dich nicht gehen lassen.«

Mein Herz schmilzt dahin. Das will ich auch nicht. Ich will dieses Gespräch nicht führen. Ich möchte ihm viel lieber sagen: »Musst du ja nicht«, und in seine Arme fallen und mich wieder von diesen weichen Lippen küssen lassen. Ich will ...

Aber ich bleibe bei meinem Entschluss.

»Ich will eine gute Muslimin sein, Alex – so bin ich nun mal. Und das kann ich nicht ändern. Will ich auch gar nicht.«

»Aber du bist nicht wie die anderen. Du bist taff und du stehst für dich ein und du bist klug. Du rennst nicht mit diesen ganzen Kopftuchmädchen rum ...«

»Kopftuchmädchen?« Das tut weh.

»Na, diese Clique in der Schule. Du weißt schon, die Mädchen, die alle Kopftücher tragen und sich so wahnsinnig heilig vorkommen – viel besser als der Rest von uns.«

Jetzt sehe ich die Panik in seinen Augen. Er merkt, dass er ins Fettnäpfchen getreten ist, und weiß nicht, wie er es wiedergutmachen soll.

»Und wenn ich auch ein Kopftuch trage? Magst du mich dann immer noch?«

»Tust du aber nicht. Das ist ja genau der Punkt. Du bist Zeyneb. Du bist ... du bist ...«

»Ich habe darüber nachgedacht, ob ich ein Kopftuch tragen soll«, sage ich und strecke mein Kinn vor.

»Im Ernst?«

Ich nicke und starre weiter in diese Augen.

Diesmal schaut Alex weg. »Aber warum?«, fragt er.

»Weil ich so bin. Das versuche ich dir ja die ganze Zeit zu erklären.«

Keiner von uns sagt noch etwas. Wir haben eine scharfe Grenzlinie zwischen uns gezogen, die wir beide nicht überschreiten können. Ich will nicht mit einem Jungen zusammen sein, der so über mich denkt, über uns. Selbst wenn es alle anderen Hindernisse nicht gäbe, würde es nicht funktionieren.

Bevor ich meine Hände aus seinen lösen kann, sagt eine schrille Stimme neben uns: »Hey, ich dachte, du willst dir Zuckerwatte holen?«

Es ist Leyla – irgendwie hat sie uns gefunden. Wir lassen einander schnell los. Hat sie gesehen, dass wir uns an den Händen gehalten haben? Mein Herz hämmert wie verrückt, aber ich sage ganz beiläufig: »Wir sind gerade auf dem Weg dorthin.«

Ich komme hinter dem Stand hervor. Alex folgt mir, hält aber mehr Abstand als vorher. Mein hämmerndes Herz beruhigt sich wieder. Ich bin traurig und auch wieder nicht. Ich kann es nicht wirklich erklären. Ich fühle mich ... ich fühle mich ... okay.

»Hau ab, Leyla«, faucht Alex sie an. »Kannst du nicht bei deinem Bruder bleiben? Seit wann sind wir deine Babysitter?«

Leyla kommt zu uns hergetrottet und stemmt die Hände in die Hüften.

Mir läuft es kalt den Rücken hinunter, aber ich spiele die Unschuldige. »Wo ist Semra?«

»Die steht bei den Toiletten an«, sagt Leyla.

»Was? Du hast sie allein gelassen?«, frage ich.

»Ich geh gleich zurück.«

Ich schaue auf sie hinunter und auch Alex schaut sie an. Wir sehen es beide. Was genau, lässt sich schwer beschreiben – so ein Glitzern –, aber wir wissen Bescheid. Eben noch war Leyla das kleine Mädchen, das uns auf die Nerven ging, und plötzlich hat sie diesen Blick in den Augen – pure, berechnende Bosheit. Ich bekomme am ganzen Körper Gänsehaut.

»Wenn du auch nur ein Wort zu Zeynebs Cousine sagst, dann erzähle ich Jamal, dass ich dich beim Rauchen erwischt habe«, sagt Alex.

»Aber das stimmt doch gar nicht ...«, jammert sie.

»Egal. Ich sag's ihm trotzdem. Und jetzt zieh Leine.«

Ich beiße mir auf die Lippe und sage nichts.

Vor dem Zuckerwattestand halten wir an. Alex bestellt eine Cola. Mir ist die Lust auf Zuckerwatte vergangen. Ich will nur noch nach Hause.

Plötzlich kommt Leyla nach vorne. »Die große Tüte dort«, sagt sie laut. »Kaufst du mir die?«

Kapitel 19

Es ist zehn nach neun und mein Vater hätte mich längst vom Parkplatz hinter dem Jahrmarkt abholen müssen. Meine Eltern wollen nicht, dass ich abends, wenn es dunkel ist, mit dem Bus fahre. Aber Dad ist noch nicht gekommen und ich mache mir langsam Sorgen. *Baba* kommt nie zu spät. Ich rufe ihn auf seinem Handy an, aber er antwortet nicht.

Dann biegt Kellys Mum in den Parkplatz ein, um Kelly abzuholen. »Soll ich dich nach Hause bringen?«, fragt sie mich.

»Nein, lieber nicht. Mein Vater ist vielleicht schon unterwegs, und wenn er herkommt und ich nicht da bin ...«

»Dann warten wir mit dir. Komm ins Auto. Es ist kalt draußen.«

Zitternd sitzen wir im Auto. Annelies lässt den Motor laufen, damit die Heizung anbleibt, aber es ist trotzdem kalt. Meine Augen folgen jedem Scheinwerferpaar, das sich nähert, aber ich werde jedes Mal enttäuscht. *Baba* kommt nicht.

»Bist du sicher, dass du neun Uhr gesagt hast?«, fragt Annelies.

»Ja, bin ich.«

Ich rufe ihn noch mal an. Nichts. Dann versuche ich es bei Mum und schließlich wähle ich unsere Festnetznummer. Nichts. Allmählich wird mir mulmig. Da stimmt was nicht. Kelly und ihre Mum spüren es auch.

Inzwischen ist es schon halb zehn. Annelies drückt ihre Zigarette im Aschenbecher aus und sagt: »Ich bring dich nach Hause, Zyneb. Dein Dad ruft dich doch sicher an, wenn er herkommt und du nicht da bist.«

Ich weiß nicht, was ich sagen soll. Kelly und ihre Mum wollen nach Hause, klar, aber ich weiß, dass ich nicht mit ihnen fahren kann. Plötzlich sehe ich ein Scheinwerferpaar, das langsam näher kommt. Ich kneife die Augen zusammen, um die Automarke zu erkennen. Es ist Elifs Wagen. Jetzt weiß ich mit Sicherheit, dass irgendwas passiert sein muss.

»Meine Schwester ist da«, sage ich schwach.

Kelly dreht sich auf ihrem Sitz um und schaut zu mir nach hinten. »Was ist denn los?«, fragt sie mit großen Augen.

Ich knalle die Autotür zu und warte, dass Elif neben mir anhält. Der Wagen hält. Ich lasse mich auf den Beifahrersitz fallen und drehe mich zu meiner Schwester um. Aber nicht Elif sitzt am Steuer, sondern Deniz.

»Wo ist Elif?«, stoße ich hervor.

»Zu Hause.«

»Was ist denn passiert?«

Deniz gibt keine Antwort. Schüttelt nur den Kopf und legt den ersten Gang ein. Wenigstens ist niemand gestorben, denke ich. Sonst würde er sich anders benehmen. Ich kaue auf meinen Nägeln herum, starre auf die Stadtlichter draußen, versuche zu erraten, was los ist. Mit mir kann es doch nichts zu tun haben, oder? Ich meine, wie sollen sie erfahren haben, dass ...

Endlich halten wir an. *Babas* Wagen steht in der Einfahrt. Und das Auto von *Teyze*, Semras Mum.

Jetzt weiß ich Bescheid. Eine Tüte Zuckerwatte war nicht genug, um Leyla den Mund zu stopfen – sie hat Semra von mir und Alex erzählt. Ich bin fassungslos, wie schnell es sich bis zu meinen Eltern herumgesprochen hat.

Ich steige aus dem Auto, ohne Deniz anzusehen.

Mit bleischweren Füßen gehe ich die Treppe hinauf zu unserer Haustür. Beuge mich hinunter, schlüpfe aus den Schuhen, auf die ich noch vor wenigen Stunden so stolz war, und ziehe meine Hausschuhe an. Dann greife ich nach der Klinke und öffne die Tür.

Meine ganze Familie sitzt da, wie beim letzten Mal. Nur ist es diesmal viel schlimmer. Viel, viel schlimmer.

Anne hat geweint, das sehe ich, und Elif auch. *Baba* starrt auf den Teppich, den Kopf in den Händen. So habe ich ihn noch nie dasitzen sehen. Niemand schaut mich an, als ich hereinkomme. Niemand sagt ein Wort. Nicht zu mir. Nicht zueinander. Semra ist auch da, sehe ich jetzt, und versteckt ihr Gesicht an der Schulter ihrer Mutter. Ich bin so wütend, dass ich ihr jede Menge heimliche Freunde an den Hals wünsche, wenn sie mal ein paar Jahre älter ist, und hoffentlich trägt sie superkurze

Miniröcke und offenherzige Tops. Dann werde ich mich bitter rächen. Ich werde ihr nachspionieren und sie bei ihrer gehässigen Mutter verpetzen, so oft ich nur kann. Warum sind sie so wild darauf, mich bei meiner Familie schlechtzumachen? Was in aller Welt habe ich ihnen getan?

»Hallo, *Baba*. Hallo, *Anne*. Hallo, *Teyze*, Elif, Semra«, sage ich höflich, wie ein Roboter. Ich darf mir nichts anmerken lassen, sonst breche ich vor allen hier zusammen. Natürlich antwortet niemand. Gut. Elif wirft mir einen Blick zu, um mir zu zeigen, dass sie auf meiner Seite ist, aber sie wagt es nicht, mich zu begrüßen. Wahrscheinlich kommen die ganzen Erinnerungen an ihre eigenen Probleme wieder in ihr hoch. Nur war sie älter, als sie Deniz kennengelernt hat, und folglich ist es bei mir noch schlimmer.

Die Luft ist zum Schneiden dick, ich kann kaum atmen. Ich stehe einfach da. Ich weiß, was von mir erwartet wird: Ich soll auf mein Zimmer gehen und über die Schande nachdenken, die ich über die Familie gebracht habe. Aber es geht nicht. Ich schaffe es nicht, das Wohnzimmer zu durchqueren. Ich habe Angst, dass mir die Luft ausgeht, noch bevor ich die Treppe erreiche, und dass ich dann ersticke. *Babaanne* sitzt nicht bei den anderen, stelle ich fest. Und frage mich kurz, wo sie ist.

»Was stehst du da herum? Geh in dein Zimmer. Geh mir aus den Augen!«, bellt *Baba* mich an und nimmt die Hände von seinem Gesicht. »Um dich kümmern wir uns später.«

So hat mein Vater noch nie mit mir geredet. Noch nie hat er mir gesagt, dass ich ihm aus den Augen gehen soll. In meine

Beine kommt wieder Leben und ich stürze aus dem Wohnzimmer und die Treppe hinauf. Ich mache meine Zimmertür auf und zu, damit sie unten denken, ich bin reingegangen. Aber in Wahrheit schleiche ich auf Zehenspitzen den Gang entlang zum Zimmer meiner Großmutter.

»*Babaanne?*«, wispere ich durchs Schlüsselloch.

Drinnen raschelt es.

»*Babaanne!*«

Die Tür geht auf und sie steht vor mir in ihrem langen weißen Nachthemd. Ihr graues Haar, das sie tagsüber als Knoten trägt, hängt weich um ihre Schultern. Ich will ihr in die Arme fallen, will, dass sie mich festhält.

»Du musst jetzt in dein Zimmer gehen, *kizim.*«

»Aber ...«

»Nein, Zeyneb. Ich kann dir keine Zuflucht in meinem Zimmer gewähren, wenn deine Eltern unten sitzen und sich von dir hintergangen fühlen. Das wäre nicht recht.«

»Aber ich habe nichts gemacht«, flüstere ich.

Ihr Gesicht wird streng und ihre Stimme barsch. »Mach es nicht noch schlimmer, indem du lügst. Gestehe, was du getan hast, und finde einen Weg, wie du es wieder in Ordnung bringen kannst.«

»Aber, *Babaanne* ...«

»Ich hab dich gesehen, Zeyneb. Ich hab dich im Garten mit dem Jungen gesehen. Es kränkt mich, wenn ich hier stehen und mich von meiner eigenen Enkelin anlügen lassen muss – von jemand, der so jung ist!«

Mir bleibt der Mund offen stehen. »Aber du hast doch nichts gesagt?«

»Nein, ich habe nichts gesagt, und jetzt denke ich, dass es ein Fehler war. Ich dachte mir, Zeyneb ist ein vernünftiges Mädchen. Sie wird das Richtige tun. Aber ich habe mich in dir getäuscht. Ich weiß nicht. Vielleicht bist du einfach zu jung, um genügend Verstand im Kopf zu haben?«

Im selben Moment hören wir die Treppe unter den Schritten meines Vaters knarzen. Er kommt nicht ganz herauf, sondern bleibt auf halber Höhe stehen und ruft zu seiner Mutter: »*Anne*, lass jetzt bitte das Kind in ihr Zimmer gehen. Sie soll bestraft werden.«

»Sie geht gleich, Sohn!«, ruft *Babaanne* zurück.

Ich will ihren Blick auffangen, aber sie schaut weg. Dann weicht sie ins Zimmer zurück und macht mir die Tür vor der Nase zu. Ich höre meinen Vater langsam wieder die Treppe hinuntergehen. Dann schleiche ich in mein Zimmer.

Sie hat sich in mir getäuscht. Das hat sie gesagt, *Babaanne*. Ich bin zu jung, um genügend Verstand im Kopf zu haben. Wie kann sie so was sagen? Wie können solche Worte aus dem Mund meiner Großmutter kommen?

Ich soll nicht vernünftig sein? Ich habe gerade die schwerste Entscheidung in meinem Leben getroffen, indem ich Alex weggeschickt habe, und da sagt sie, ich hätte keinen Verstand im Kopf. Geht's noch? Und was ist mit dem Kopftuch? Seit Wochen kämpfe ich mit mir, ob ich eins tragen soll oder nicht. Ich habe das Pro und das Kontra gegeneinander abgewogen und jeden gefragt, der mir über den Weg gelaufen ist. Würde ich das machen, wenn ich keinen Verstand im Kopf hätte?

Ich bin das vernünftigste Mädchen, das ich kenne, aber sie behandeln mich, als wäre ich Luft für sie. Ist es vernünftig, dass meine elfjährige Cousine zu ihrer Mutter rennt und mich verpetzt, noch bevor ich die Chance hatte, nach Hause zu kommen? Ist es vernünftig, dass *Teyze*, eine erwachsene Frau, nichts Besseres zu tun hat, als sich an unseren angeblichen Fehltritten zu weiden? Und ist es vernünftig, dass meine Eltern einfach falsche Schlüsse ziehen, bevor sie mich überhaupt angehört haben? Dass sie vor lauter Angst, was die Leute denken könnten, nicht in der Lage sind, einen Augenblick tief durchzuatmen und ihre Tochter anzuhören, ihr eigen Fleisch und Blut?

Wie ist es möglich, dass sie ausgerechnet mir vorwerfen, ich hätte keinen Verstand?

Ich bin jetzt stocksauer. Ich rufe Kelly an und spucke in wütendem Flüsterton alles aus, was passiert ist.

»O Zeyneb«, sagt sie leise. »Soll ich meine Mum fragen, ob sie mich zu dir rüberfährt? Ich kann bezeugen, dass du den ganzen Abend nichts mit Alex gemacht hast.«

»Die Wahrheit interessiert sie nicht, Kelly, sonst hätten sie sich erst mal angehört, was ich dazu zu sagen habe.«

»Was machen sie jetzt mit dir?«

»Ich weiß nicht. Vielleicht behalten sie mich bis zu den Sommerferien zu Hause und schicken mich dann zu *Babaanne* in die Türkei. Oder sie stecken mich in eine andere Schule, das hab ich ja schon gesagt.« Ich seufze. »Keine Ahnung. Aber sie finden schon eine Möglichkeit, wie sie mich dran hindern können, je wieder einen Jungen anzusehen.«

»Meinst du das ernst?«

»Ich weiß nicht, was sie machen werden, Kelly, aber eins ist sicher: Diesmal komm ich nicht mit einem blauen Auge davon.«

»Ich spreche mit meiner Mum«, schlägt Kelly vor.

»Was kann sie schon tun?«

»Ich weiß nicht. Ich will dir doch helfen.«

»Ist schon okay. Ich lass mich nicht unterkriegen. Ich denke nicht dran, bei diesen Heuchlern im Haus herumzusitzen und abzuwarten, was sie für mich entscheiden.«

Die Worte purzeln aus mir heraus, bevor ich darüber nachdenken kann, aber nachdem ich sie ausgesprochen habe, gewinnen sie plötzlich Macht über mich. Ja, genau, das werde ich tun. Ich verlasse dieses dumme Haus, verlasse diese ganzen Leute, die mir vorwerfen, ich sei unvernünftig, und gehe woandershin, wo ich akzeptiert werde, wie ich bin. Und wo man mir endlich mal zuhört.

»Wenn sie anrufen, sag ihnen, dass du nichts von mir gehört hast, okay? Und sag nichts zu deiner Mum.«

»Willst du wirklich weg?«

»Ja.«

»Zeyneb, bitte mach keine Dummheiten.«

»Ich pass schon auf mich auf, Kel. Das versprech ich dir.«

»Du kannst doch zu uns kommen.«

»Bei euch suchen sie als Erstes.«

»Ich verstecke dich in meinem Zimmer. Und ich sage meiner Mum nichts davon.«

»Ich kann nicht von dir verlangen, dass du sie anlügst.«

»Das macht mir nichts. Ist ja für einen guten Zweck.«

»Ich muss aufhören, Kel.«

»Versprichst du mir, dass du mich morgen anrufst?«, sagt sie.

»Ja«, antworte ich, aber ich verspreche nichts.

Ich setze mich auf mein Bett, starre auf das Telefon in meinen Händen. Keinen Verstand im Kopf! Unvernünftig. *Unvernünftig!*

Und dann kommt mir eine geniale Idee. Ein richtiger Gedankenblitz. Jetzt weiß ich, was ich tun werde.

Ich stehe vom Bett auf und greife nach meiner kleinen Reisetasche auf dem Schrank oben. Ich reiße ein paar Anziehsachen aus den Fächern und werfe sie hinein, dann stopfe ich mein Taschengeld in meine Jeanstasche.

Warum müssen sie mich so behandeln? Als hätte ich ein Verbrechen begangen. Als hätte ich sie entehrt, Schande über sie gebracht. Als wäre ich nicht ihre Tochter.

Plötzlich breche ich in Tränen aus, und obwohl ich nicht mal weiß, warum ich weine, macht es mich noch wütender.

Ich werde ihnen zeigen, was vernünftig ist, schimpfe ich vor mich hin. *Ihr werdet schon sehen!*

Kapitel 20

Vorsichtig lasse ich meine Tasche aus dem Schlafzimmerfenster fallen und höre, wie sie auf dem Boden landet. Dann setze ich mich auf den Fenstersims, klammere mich an dem Efeu fest, der an der Hauswand hochwächst, schwinge meine Beine hinaus und suche nach einem Fußhalt am Holzspalier. Millimeter um Millimeter klettere ich hinunter, aber das Spalier endet auf halber Höhe. Das letzte Stück muss ich springen.

Mit einem dumpfen Aufprall lande ich neben meiner Reisetasche und höre das froststarre Gras unter meinen Füßen knirschen. Es ist kalt heute Nacht, ungewöhnlich kalt für diese Jahreszeit. Keine guten Aussichten für die Kirschblüten in unserem Garten, sage ich mir, verbanne aber diesen Gedanken schnell aus meinem Kopf.

Ich halte still, lausche angestrengt. Hat mich jemand gehört? Aber das Außenlicht geht nicht an und das Stimmengemurmel aus dem Wohnzimmer bleibt gleich. Sie reden immer noch über mich. Gut. Vorläufig bin ich sicher vor ihnen.

Ich greife nach meiner Tasche, stehe auf und schleiche auf Zehenspitzen zum Gartentor. Die Luft, die ich ausatme, verwandelt sich in weißen Dampf und meine Finger sind steif vor Kälte. Ich stopfe meine freie Hand in den Ärmel. Hätte ich doch nur Handschuhe mitgenommen. Und eine wärmere Jacke angezogen. Aber es muss auch so gehen. Ich werde nicht gleich bei den ersten Anzeichen einer Erkältung einknicken.

Ich versuche das Gartentor zu öffnen. Leise. Wir benutzen es nur ganz selten, deshalb klemmt es. Außerdem sind meine Finger so kalt und steif, dass ich sie nicht richtig bewegen kann. Der dumme Nachbarshund bellt los und ich springe fast aus den Schuhen vor Schreck. Endlich bekomme ich das blöde Tor auf und gehe die Hintergasse entlang.

Ich stelle mir vor, wie sie alle gemütlich in unserem Wohnzimmer sitzen und Gericht über mich halten. Und wenn schon – ist mir doch egal. Ich möchte mal ihre Gesichter sehen, wenn ich morgen früh nicht zum Frühstück auftauche. Dann bin ich längst fort und es wird ihnen leidtun, dass sie mich nicht anständig behandelt haben. Ich schiebe meine Hand hinten in meine Jeanstasche, um nach dem Notizbuch zu tasten, das ich eingesteckt habe. *Annes* kleines schwarzes Notizbuch mit *Teyze* Havvas Adresse darin. Meine geheimnisvolle Tante. Ich weiß, dass es einen Bus gibt, der direkt dorthin fährt – ich habe mal im Fahrplan nachgeschaut. Sie wird mich nicht wegschicken, oder? Ich bleibe bei ihr und gehe dort in die Schule und kann Freunde haben, so viele ich will. Ich werde ihnen zeigen, wer hier unvernünftig ist.

Aber es ist ein langer Weg zur Bushaltestelle. Ich kann nur hoffen, dass mich niemand gesehen hat.

Ich gehe bis zum Ende unserer Straße und biege dann nach links ab. Zwei der Straßenlaternen sind aus, aber ich lasse mich nicht von der Dunkelheit abschrecken. Ich gehe weiter, bei der verrotteten Bank wieder nach links und zwei Straßen weiter unten nach rechts. Jetzt komme ich in die Ladenstraße: eine Tierhandlung, ein kleiner Supermarkt, eine bankrotte Pizzeria. Alle Lichter sind aus. Ich biege in die kleine Hintergasse ein, falls jemand, den ich kenne, die Straße entlangfährt und mich sieht.

Ich gehe die Gasse hinunter und erst ganz am Ende, wo sie in ein anderes, noch stilleres Sträßchen mündet, sehe ich den orangen Lichtschein eines Feuers, das in einer Art Metalltonne brennt. Um das Feuer herum stehen ein paar Gestalten, wahrscheinlich Obdachlose, die sich die Hände wärmen und lachen und reden. Was ist, wenn sie mich sehen? Auf keinen Fall bringe ich den Mut auf, an ihnen vorbeizugehen. Aber ich will auch nicht wieder auf die Hauptstraße zurück.

Ich kenne die Straße auf der anderen Seite der Gasse. Dort könnte ich schnell über eine Gartenmauer klettern und durch einen der Gärten schleichen. Ich versuche mich zu erinnern, welches dieser Häuser einen Hund hat, und suche mir eines aus. *Bitte, Allah, lass es das Richtige sein – lass die Besitzer keinen Hund haben!*

Ich bin überrascht, wie hoch die Mauer ist. Viel höher, als ich es in Erinnerung habe. Ich setze meine Tasche ab, gehe ein paar Schritte zurück und nehme einen kleinen Anlauf. Ich springe hinauf und versuche mich an der Mauerkante festzuhalten, aber ich schürfe mir nur die Finger auf. Zum Glück ist es so kalt, dass ich nichts spüre.

Ich probiere es noch mal. Und noch mal. Meine Finger sind schon ganz zerkratzt und ich habe mir die Knie an der Mauer aufgestoßen. Das hat keinen Sinn. Ich muss wieder auf die Hauptstraße zurück. Um diese Nachtzeit wird doch niemand unterwegs sein, der mich kennt.

Ich drehe mich um und erstarre. Einer der Obdachlosen, der sich vom Feuer entfernt hat, kommt auf mich zu. Eine dunkle Gestalt mit eingezogenen Schultern und einer Dampfwolke vor dem Gesicht. Der Mann kommt jetzt rasch näher – plötzlich bleibt mir keine Zeit mehr, ans Ende der Gasse zu rennen.

»Hey«, ruft er mir zu. »Hey, du!«

Jetzt bleibt mir nur noch die Mauer. Irgendwie muss ich rüberkommen. Mein Atem geht schnell und flach.

Als ich mich wieder umdrehe, entdecke ich etwas Großes, Dunkles – eine Mülltonne. Warum ist mir die nicht gleich aufgefallen? So schnell ich kann, klettere ich hinauf.

Der Mann kommt immer näher und fängt jetzt an zu rennen. Ich höre ihn keuchen und seine Schritte auf dem Kies knirschen. Wie sagt *Baba* immer? Wenn dir jemand gefährlich vorkommt, ist er es wahrscheinlich auch.

Ich ziehe mich an der Mauer hoch und kauere einen Augenblick dort oben. Vorsichtig schaue ich zurück. Mist, meine Tasche! Sie liegt auf dem Boden neben der Mülltonne.

»Halt!«, höre ich den Mann hinter mir rufen.

Vergiss die Tasche. Ich hole einmal tief Luft und springe.

Es knackt richtig, als ich auf dem Boden auftreffe. Ich glaube, das kommt von meinem Schienbein. Ein rasender Schmerz durchzuckt mich, schlimmer als alles, was ich bis jetzt erlebt habe.

Ich bin auf etwas Spitzem gelandet, Steinsplitter oder so, und jetzt liege ich da, das Knie bis zur Brust hochgezogen, und schaukle hin und her. Ich stöhne und schluchze vor Schmerz. Meine Augen brennen und ich darf nicht mal schreien. Ich will ja nicht, dass die Hausbesitzer mich finden, die Polizei anrufen oder ... noch schlimmer ... meine Eltern.

Ich habe keine Ahnung, wie lange ich schon so daliege, aber ich höre den Mann jetzt nicht mehr rufen. Und ich bin ganz taub vor Kälte. Vielleicht sind es nur fünf Minuten, vielleicht ist es aber auch eine Stunde. Ich spüre nichts, nicht mal das verknackste Bein. Vorsichtig setze ich mich auf und blicke mich um. Ich bin auf einem Haufen Schutt und Holz gelandet. Kein Wunder, dass ich so unglücklich gestürzt bin. Ich habe ihn im Dunkeln einfach nicht gesehen. Mein Bein pocht, als ich mich hochziehe, und ich stöhne – kann nichts dagegen tun. Ja, das tut eindeutig immer noch weh.

Im Nebenhaus geht hinten ein Licht an. Ich bleibe stocksteif stehen, mein ganzes Gewicht auf dem unverletzten Bein. Ist das ein Bewegungsmelder? Oder hat mich jemand gehört? Ich warte, aber ich sehe nichts. Ich muss einfach meine große Klappe halten. Wo bin ich? Bei Tageslicht könnte ich mich ja noch irgendwie orientieren, aber jetzt im Dunkeln und mit meinem kälteumnebelten Verstand ...

Ich taste herum und finde einen Stock, der ungefähr die richtige Größe hat und den ich als Krücke unter die Achsel klemme. So hüpfe ich vorwärts. Mein Bein tut so weh, dass ich schreien könnte, aber ich beiße mir entschlossen auf die Lippen. Ich schmecke Blut.

Ich bin an der Moschee vorbei und jetzt hinke ich hinter den Bäumen entlang, damit ich nicht entdeckt werde. Über meinem Kopf höre ich den Wind wütend in die Blätter fahren. Ich ziehe die Ärmel meines dünnen Pullis über meine Finger. In der Ferne bellt ein Hund. Jeder Schritt dauert eine Ewigkeit – zumindest fühlt es sich so an. Ich habe unglaublich lange gebraucht, um überhaupt so weit zu kommen. Ich checke mein Handy – fast 1 Uhr. Noch mindestens vier Stunden, bis die Sonne aufgeht. Bis dahin muss ich an der Bushaltestelle sein, sonst greift mich noch irgendein Autofahrer mit Helfersyndrom auf und schleppt mich ins Krankenhaus oder so. Mein Bein ist okay, rede ich mir ein, nur eine Zerrung.

Geh weiter, Zeyneb – einfach weitergehen. Immer weiter.

Endlich – nach einer halben Ewigkeit – taucht die Bushaltestelle auf. Und daneben *Babas* Gartenparzelle. Mein Plan war, zur Haltestelle zu kommen und in den erstbesten Bus zu springen – aber vor morgen früh geht kein Bus. Ich muss eine Weile aus der Kälte heraus, weg von der Bushaltestelle, wo ich auf wer weiß wen treffen könnte.

Im Licht der Straßenlampe sehe ich Dads Rotkohlsetzlinge säuberlich in einer Reihe stehen. Ich sehe *Anne* vor mir, wie sie in ein paar Monaten die Kohlblätter kocht und dann mit Hackfleisch füllt. Mein Magen knurrt laut bei dem Gedanken und die Tränen schießen mir in die Augen. Jetzt setzt auch der Schmerz ein – alles tut weh. Mein Schienbein, meine kältestarren Finger, meine Knie, die Haut in meiner Achselhöhle von der provisorischen Krücke. Ich denke an die Wärme im Schuppen, den vertrauten Geruch nach den modrigen Säcken, die in der Ecke aufgestapelt sind, und mir laufen die Tränen über die Wangen. Ich lasse sie fließen, weil es guttut.

Die Sonne muss jeden Moment aufgehen. Ich nehme mein Handy heraus und schaue auf die Uhr. Von wegen – erst 2:56 Uhr und 1°C. Das ist kalt für eine Frühlingsnacht. Und noch über drei Stunden, bis es Tag wird. Ich muss schlafen. Ich habe keine Ahnung, was ich tun soll, um mich warm zu halten. Warum habe ich nicht dran gedacht, einen Schlafsack mitzunehmen? Ach egal, irgendwie muss es gehen.

Ich öffne das rostige, quietschende Tor zu *Babas* Garten und all die vertrauten Gerüche schlagen mir entgegen – feuchte Erde, würziger Rosmarin, modriges Laub vom Komposthaufen ... Ich weiß, dass *Babas* Tabletts mit den Zucchini- und Kürbissetzlingen links von mir in dem kleinen Gewächshaus sind. Ich sehe die jungen Fenchelschösslinge, die schon aus dem Boden hervorlugen, und frage mich, ob sie den Kälteeinbruch überleben werden. Bevor ich in den Schuppen gehe, stopfe ich mir ein paar Salatblätter in den Mund, aber sie können meinen Hunger nicht stillen.

Ich schiebe den Riegel hoch, gehe hinein und lasse mich in eine Ecke fallen. Endlich bin ich aus dem Wind. Ich ziehe zwei leere Säcke über mich, lege meinen Kopf auf einen Kompostsack und schließe die Augen. Ich hätte die Zuckerwatte auf dem Jahrmarkt gestern Abend kaufen sollen. Dann wäre ich jetzt nicht so ausgehungert. Irgendwann drifte ich in den Schlaf und eine Flut von Bildern zieht durch meinen Kopf: *Babas* Gesicht, ein paar aufgereihte Auberginen, Alex, Rotkohlsetzlinge, Zehra ...

Aber nein, halt! Plötzlich geht ein Ruck durch meinen Körper und ich reiße die Augen auf. Ich denke an die Doku über eine Familie, die sich irgendwo im Wald in Deutschland oder Österreich verirrt hatte. Die halbe Familie ist dabei erfroren. Wenn ich mich jetzt in den Schlaf sinken lasse, wache ich morgen vielleicht nicht mehr auf. Oder ist das total übertrieben? Ich habe keine Ahnung. Auf jeden Fall will ich nicht sterben, auch wenn ich noch so wütend auf *Baba*, *Babaanne* und *Anne* bin, und obwohl es eine süße Rache wäre, wenn ich ihretwegen erfrieren würde – das hätten sie dann davon. Und es würde ihnen ihr restliches Leben lang leidtun. Aber ich will nicht sterben, also muss ich wach bleiben.

Ich nehme wieder mein Handy aus der Tasche, scrolle zu K herunter und wähle Kellys Nummer. Plötzlich sehne ich mich nach meiner Freundin, will ihre Stimme hören, mit ihr reden, mir von ihr sagen lassen, dass alles gut wird. Aber mein Anruf geht direkt auf die Mailbox. Und ich fühle mich noch einsamer als vorher.

Bald bin ich am Erfrieren. Meine Zähne klappern wie verrückt. Ich habe mich ganz in die Säcke eingewickelt, aber ich könnte genauso gut nackt hier sitzen, so wenig wärmt es. Mir ist zum Heulen, aber Weinen ist jetzt zu anstrengend. Ich kämpfe mit jeder Faser meines Körpers darum, wach zu bleiben.

Ich habe keine Ahnung, was ich tun soll. Meine Augenlider sind bleischwer und ich versuche sie krampfhaft offen zu halten. Und was ist mit meinem Bein? Ich schiebe es unter den Säcken hervor und werfe einen vorsichtigen Blick darauf. Entsetzt ziehe ich die Luft ein.

Mein Bein ist total geschwollen – ein richtiges Elefantenbein. Die Jeansnähte spannen und der Streifen nackter Haut zwischen meiner Socke und dem Hosensaum glänzt so komisch, ist ganz lila. So was habe ich noch nie gesehen. Mir sackt das Herz in die Hose – das ist nicht nur eine Zerrung, ganz klar. Aber ich kann doch nicht im Krankenhaus anrufen. Das geht einfach nicht.

Ich beuge mich vor, um die Wunde genauer zu inspizieren, und plötzlich signalisiert mir mein Bein, dass es noch da ist. Ein unerträglicher Schmerz schießt mir von den Zehen bis in die Hüfte hinauf. Ich schreie auf, kann nichts dagegen tun. Es ist wie ein Stromschlag, der mich fast durchs Dach katapultiert. Ich schließe die Augen, atme tief ein. Plötzlich ist mir schwindlig, ich glaube, ich werde bewusstlos.

Warum muss mir dieses blöde Bein einen Strich durch die Rechnung machen? Blödes, bescheuertes Bein. Blöde Mauer, über die ich gesprungen bin. Blöde Gestalt am Feuer, die mir nachgerannt ist.

Ich will hier nicht allein gelassen werden – im Dunkeln und in der Kälte, mit einem Bein, das mir den Dienst verweigert. Aber jammern nützt nichts. Vorerst sitze ich hier fest. Ich muss mich wieder fangen, brauche Zeit zum Nachdenken. Ich muss mir überlegen, wie es jetzt weitergehen soll. Den nächsten Schritt.

Kapitel 21

Obwohl ich mit aller Macht dagegen ankämpfe, schlafe ich irgendwann ein. Dann wache ich wieder auf. Schlafe wieder ein. Wache auf. Wo in aller Welt bin ich?

Babas Schuppen – plötzlich kommt die Erinnerung wieder. Ich bin im Schuppen. Mein Bein! Ich stöhne. Der Schmerz bringt mich fast um. Es pocht, als säße ein kleiner Troll da drin, der auf den Knochen einhämmert. Ich weiß nicht ... kann das sein? Irgendwie fühlt es sich noch schlimmer an als vorher.

In einer der Wände in *Babas* Schuppen ist ein kleines Fenster und ich sehe, dass es jetzt draußen ein bisschen heller wird. Ich sehne mich so nach der Dämmerung. Die Dunkelheit und die Kälte zusammen sind unerträglich. Die Säcke helfen nichts gegen die Kälte, die mir trotzdem in den ganzen Körper kriecht – in die Hände, die Zehen, die Nase, den Rücken, die Arme ...

Ich starre durchs Fenster auf den grauen Himmel hinaus, strenge meine Augen an. Vögel fliegen über den Garten hinweg. Ich versuche sie zu identifizieren, rufe laut ihre Namen: »Krähe ... Elster ... Schwalbe ...«

Ich gebe meinem Bein jetzt noch ein paar Stunden Ruhe und

dann mache ich mich auf den Weg zur Bushaltestelle. Unter normalen Umständen ist das ungefähr eine Gehminute von hier. Mit meinem Bein brauche ich schätzungsweise fünfzehn Minuten, aber das ist es mir wert. Ich steige in den Bus und fahre zu *Teyze* Havva und dann werde ich nie wieder einen Blick zurückwerfen. *Teyze* Havva wird sich um mein Bein kümmern, wenn ich dort bin, so wie *Anne* es machen würde. Ich frage mich, ob sie einen Garten hat, ob sie *sarmas* macht ...

Meine Augen brennen, aber ich lasse die Tränen nicht heraus. Ich zwinge mich an etwas anderes zu denken. Zum Beispiel, ob mich jemand im Bus erkennt. Dann sehe ich *Babas* Mütze, die er bei der Gartenarbeit trägt, an einem Pflock hinter der Tür hängen. Ich will mich gerade hinschleppen und die Mütze holen, als ich es höre.

Das Quietschen des Gartentors.

Dann Schritte. Schwere Schritte. Von einem Mann. Aber nicht von *Baba*. *Babas* Schritte würde ich überall erkennen. Nein, diese Schritte stammen von einem Fremden. Einen Augenblick bin ich wieder in dem Hintergässchen und die dunkle Gestalt rast auf mich zu.

Versteck dich, Zeyneb, schnell!, sage ich mir und ringe nach Luft. Aber wo? Wo soll ich mich verstecken?

Die Schritte kommen näher.

Ich blicke mich im Schuppen um, schaue auf den luftdichten Plastikcontainer, in dem *Baba* seine Samen aufbewahrt; den Plastiktisch und die beiden Stühle, die er im Sommer hinausstellt; den aufgerollten orangen Schlauch; die aufeinandergestapelten Kompostsäcke; den hüfthohen alten Küchenschrank, den er hierher geschleppt hat und in dem er allen möglichen Krimskrams aufbewahrt.

Das ist es. Da kann ich mich reinquetschen.

Ich werfe die Säcke von mir herunter und schleppe mich auf den Händen über den Fußboden, indem ich mit meinem heilen Bein nachhelfe. Der Schmerz schießt mir durch den Körper, aber ich habe jetzt keine Zeit, mich darum zu kümmern.

Ich halte zwischendurch kurz an, das schlurfende Geräusch von meinem Körper verstummt und ich höre, dass die Schritte bereits den Schuppen erreicht haben. Aber der Eindringling, wer immer es ist, kommt nicht herein, sondern geht außen herum. Langsam. Als hätte er alle Zeit der Welt.

Ich bin jetzt beim Schrank und zerre an dem kleinen Türgriff, aber die Tür geht nicht auf. Ich ziehe und ziehe. Dann fällt mir ein: der Schlüssel! *Baba* hält den Schrank verschlossen, weil in anderen Gärten schon Sachen aus dem Schuppen geklaut wurden. Der Schlüssel liegt unter einem umgedrehten Blumentopf neben den Tabletts mit den Setzlingen. Ich hechte danach, werfe den Blumentopf um, grapsche den Schlüssel und stecke ihn ins Schlüsselloch. Dann drehe ich ihn um. Mit einem Klicken springt das Schloss auf.

Die Schritte haben den Schuppen jetzt ganz umrundet. Jeden Moment wird die Tür aufgehen. Ich krieche auf einem Knie in den Schrank und werfe alles hinaus, was mir in die Finger kommt, so leise und schnell ich nur kann, um Platz zu schaffen: Apfelsaftpackungen, eine Tüte Kekse, eine Holzkiste ... Ich kauere mich nieder, quetsche mich in die Ecke und drehe mich um, weil ich noch mein gebrochenes Bein hereinholen muss. Es pocht und brennt, Stromstöße schießen mir in die Hüfte hoch, aber darauf kann ich jetzt keine Rücksicht nehmen. Ich beiße mir mit aller Kraft auf die Lippen, um jeden Schrei zu unterdrücken, lege beide Hände um mein Knie, zerre daran und hieve mein Bein in den Schrank hinein. Dann packe ich die Tür mit meinen aufgeschürften Fingern, und bevor ich sie zuziehe, werfe ich noch schnell einen Blick durchs Fenster.

Dort steht ein Mann. Er späht herein, beschirmt sein Gesicht mit beiden Händen. Ich kann seine Züge nicht erkennen, dazu ist es noch zu dunkel. Wer in aller Welt schleicht um diese Zeit in *Babas* Garten herum? Ich ziehe die Tür ganz zu und halte den Atem an. Dunkelheit. *Beruhige dich, Zeyneb. Atme.* Wieder Schritte. An der Schuppentür halten sie an. Dann geht die Tür auf. Nein, unmöglich. Das kann doch nicht sein! Die Schritte kommen herein und ein Lichtschimmer dringt durchs Schlüsselloch. Ich rieche Zigaretten und Erde, vermischt mit Schweiß. Ich höre den Mann über den Fußboden gehen, dann ein Rascheln, dann kracht etwas laut gegen Holz. Ich schiebe mein Auge zum Schlüsselloch hoch, um zu checken, was da vorgeht.

Ich kann den Mann nicht ganz sehen. Nur seinen Arm. Er lehnt an der Rückwand, berührt nacheinander alle Gartenwerkzeuge, die *Baba* dort aufbewahrt.

Dunkelgrüne Jacke mit einer karierten Hemdtasche darunter. Mehr sehe ich nicht. Der Mann geht jetzt zur gegenüberliegenden Ecke. Die mit dem Säckestapel, aus der ich gerade geflüchtet bin. Ich drehe meinen Kopf in dem winzigen Schrank, um seinen Bewegungen zu folgen. Der Mann beugt sich herunter und ich sehe eine schmuddelige Jeans. Jetzt scharrt er am Boden, dann richtet er sich wieder auf, und ich sehe, dass er *Babas* Gartenschere in der Hand hält. Was hat er vor damit?

Mein Herz fängt an zu rasen und ich spüre, wie mir ein Schrei in der Kehle aufsteigt. Aber dann sehe ich seinen Fuß von hinten – der Mann hat erdverkrustete alte Turnschuhe an, die an der Ferse total runtergetreten sind.

Ali! Das ist Ali. Diese Schuhe würde ich überall erkennen. Der Mann, der seinen Garten neben dem von *Baba* hat. Der immer Setzlinge mit *Baba* austauscht. Von ihm stammt auch die gelbe Chilipflanze, auf die *Baba* so stolz war. Aber ich weiß, dass in letzter Zeit Sachen aus *Babas* Schuppen verschwunden sind. Erst vergangene Woche hat er mir erzählt, dass er die Schlauchtülle vermisst, die er gerade gekauft hatte. Jetzt weiß ich, was damit passiert ist. Ali hat sie sich vermutlich »ausgeliehen«.

Aber das kann ich *Baba* nicht erzählen, denke ich plötzlich. Ich kann ihm nie wieder was erzählen.

Mit angehaltenem Atem lausche ich, wie der Riegel an der Schuppentür hochgeht, dann knallt die Tür zu. Wieder Schritte und das Quietschen des Gartentors. Er ist fort. Ali ist fort.

Stille.

Schmerz.

Ich sacke an der Schranktür herunter, die nachgibt, so dass ich halb auf den Boden hinausfalle. Egal. Ich bleibe einfach liegen.

Mein Kopf hämmert. Mein Bein auch. Und mein Herz. Außerdem ist mir heiß. Mir ist plötzlich so wahnsinnig heiß. Mein ganzer Körper ist schweißbedeckt.

Wäre ich doch gestern Nacht nicht über die Mauer gesprungen! Dann säße ich jetzt im Bus und könnte einfach davonfahren, weg von meinen Eltern, von Alex, von der Schule – für immer. Allerdings auch von Kelly und das gibt mir einen Stich. Vielleicht sehe ich meine Freundin nie wieder, wenn ich mein neues Leben anfange.

Ich weine. Dumm, ich weiß. Ich habe heute Nacht so viel geweint wie in meinem ganzen bisherigen Leben nicht. Warme Tränen strömen mir übers Gesicht und ich mache mir nicht die Mühe, sie wegzuwischen. Ich weine vor Schmerzen, körperlichen Schmerzen, die mich fast umbringen, aber ich weine auch um mein altes Leben. Vielleicht ist Kelly insgeheim froh, dass ich nicht mehr da bin – die schwierige Zeyneb mit ihrer komischen Familie und ihren ewigen Problemen. Ob Kelly bald eine neue Freundin findet? Und meine ganzen anderen Freunde. Mr Rubens … der langweilige Mr Stein. Und meine Eltern? Ich werde sie nie wiedersehen, obwohl ich sie jetzt gerade hasse, ihnen nie verzeihen werde, dass sie mich so ungerecht behandelt haben … Meine Tränen verwandeln sich in laute Schluchzer und meine Schultern beben.

Warum ist mir plötzlich so heiß, nachdem ich die ganze Zeit fast erfroren bin? Und durstig bin ich auch … Ich will aufstehen, damit ich endlich in die Gänge komme, aber ich liege da, in *Babas* Schrank, und kann mich irgendwie nicht rühren. Das ist einfach alles zu viel. Zu anstrengend. Ich ruhe mich lieber noch eine Weile aus.

Mein Bein tut weh, mein ganzer Körper. Meine Haut brennt und mein Mund ist staubtrocken. Ich lehne mich aus dem Schrank heraus, um nach einer Flasche zu angeln, in der vielleicht Wasser ist. Aber plötzlich steht *Baba* vor mir und kickt die Flasche weg. Drohend ragt er über mir auf, das Gesicht wutverzerrt, und brüllt: »Geh mir aus den Augen!«

Hinter ihm steht Alex. Er nickt *Baba* zu, hetzt ihn noch auf, lacht über mich ... »Ich hatte Spaß mit dir«, sagt er. »Aber jetzt nicht mehr.«

Ich mache den Mund auf, um ihn anzuflehen, aber es kommt kein Ton heraus. Ich will ihm sagen, dass er aufhören soll. Ihn um Wasser bitten ... ihn ...

Und dann ist plötzlich *Babaanne* da. »Ich habe mich in dir getäuscht«, schimpft sie und flicht mir die Haare, zerrt grob daran. Und Kelly brüllt: »Du versinkst immer so in Selbstmitleid, dass du gar nicht mitkriegst, wie es anderen Leuten geht!«

»Zeyneb!«, ruft eine andere Stimme. Eine vertraute Stimme.

Mühsam öffne ich meine verklebten Augen. Mein Bein pocht. Ich zittere.

Mein Vater kniet neben mir.

Ist das Wirklichkeit? Oder träume ich? Ist *Baba* zu einem Monster mutiert?

»Nein, bitte, *Baba*!«, schreie ich und halte schützend meine Hände über die Augen.

»Wach auf, Zeyneb!«

»Geh einfach weg und lass mich schlafen ... bitte«, flehe ich.

»Zeyneb, was ist? Wie siehst du denn aus? Was ist mit deinem Bein passiert?« Ich höre Panik in *Babas* Stimme.

Dann sehe ich, wie er sein Telefon aus der Tasche zieht. Ich will ihn aufhalten, bin aber zu schwach. Ich kann keinen Finger rühren. Ich schließe die Augen und lausche auf seine Stimme.

»Güler, ich bin's. Ich habe sie gefunden. Ruf den Notarzt.«

O nein! Bitte nicht. Ich wollte doch nur endlich mein Leben selber in die Hand nehmen, von zu Hause wegkommen, ihnen klarmachen, dass sie im Unrecht sind ... Mühsam versuche ich mich hochzuziehen, um ihm das zu erklären, aber der Schmerz schießt mir durch den ganzen Körper, sobald ich mich bewege, und ich kann nicht ... Ich fühle mich so ... ich bin nicht sehr ... Ich falle wieder zurück.

»Sie hat sich das Bein gebrochen und Fieber hat sie auch«, sagt *Baba* ins Telefon.

Dann hebt er mich hoch, nimmt mich in seine großen, starken Arme und drückt mich an seine Brust. »Komm, *kizim*. Alles wird gut.«

Kapitel 22

Ich sitze im Krankenhausbett. Ich weiß nicht, wie ich hierhergekommen bin. Mein Bein ist in einer offenen Gipsschale und die Schwestern haben mir was zu essen gebracht, aber ich trinke nur ein bisschen Tee. Sobald der Arzt da war, um nach mir zu sehen, darf ich nach Hause, obwohl ich das gar nicht will. Ich will nicht nach Hause, mit keiner Faser meines Herzens.

Hier im Krankenhaus glucken natürlich alle um mich herum, sorgen dafür, dass es mir an nichts fehlt, und spielen die liebevolle Familie. Aber wenn ich nach Hause komme, wendet sich das Blatt, da bin ich mir sicher.

Dann bin ich wieder das Mädchen, das auf dem Jahrmarkt Händchen haltend mit einem Jungen erwischt wurde. Das von zu Hause weggelaufen ist. Und die Konsequenzen, die das hat, will ich mir gar nicht erst ausmalen. Das größte Haiproblem aller Zeiten.

Ich drehe den Kopf zur Wand und antworte nur auf ihre Fragen, wenn es unbedingt sein muss. Was soll ich auch sagen? Elif lehnt mit dem Rücken am Fenstersims und sieht aus, als würde sie jeden Moment in Tränen ausbrechen. *Babaanne* umklammert einen Strauß schlanker gelber Tulpen – die aus dem Garten, die ich Alex gezeigt habe. *Gib ihnen endlich Wasser, sonst verwelken sie*, denke ich. Aber ich sage nichts. Hoffentlich fällt es ihr selber bald ein. *Baba* sitzt auf einem Stuhl an der Wand. Er hat noch kein Wort gesagt, seit ich wieder zu mir gekommen bin.

Anne streicht zum zehnten Mal die weiße Bettdecke über mir glatt und weiß nicht, was sie sagen, wie sie mir helfen soll. Wahrscheinlich hat sie Schuldgefühle, fragt sich, was sie falsch gemacht hat. Sie wollte ja nicht, dass ihre Tochter im Krankenhaus landet. Fast tut sie mir leid, aber dieses Gefühl verdränge ich schnell. Hätte sie mich besser behandelt, hätte sie mir zugehört, dann wäre das alles nicht passiert. Es ist ihre Schuld.

»Willst du einen neuen Pyjama?«, fragt sie mich. »Der rosafarbene hier passt nicht über dein Bein.«

Ich zucke die Schultern.

»Blau, Zeyneb? Soll ich dir einen blauen kaufen?«

Ich sage nichts.

Aus dem Augenwinkel sehe ich, wie *Baba* von seinem Stuhl aufsteht. Dann fängt er mit tiefer, ruhiger Stimme zu sprechen an und alle hören zu.

»Könnt ihr bitte eine Weile in die Cafeteria gehen?«, sagt er zu den anderen. »Ich möchte mit meiner Tochter sprechen.«

Da. Jetzt kommt's. Ich würde stöhnen, wenn ich könnte. Oder sogar fluchen oder brüllen: »Aber *ich* will nicht mit dir reden!

Zum Reden ist es zu spät. Wo warst du, als ich dich so dringend gebraucht habe?«

Aber ich sage nichts. Ich liege nur da, während *Anne*, *Babaanne* und Elif aufstehen und zur Tür gehen. Meine Mum wirft mir von der Tür aus einen langen Blick zu, als würde sie mich zum letzten Mal in ihrem Leben sehen. *Baba* kommt zu meinem Bett herüber. Er setzt sich auf den Stuhl, den *Babaanne* gerade frei gemacht hat, und legt seine große braune Hand auf meine.

»Was du getan hast, Zeyneb – alles, was passiert ist ...«, fängt er mit dumpfer Stimme an.

Eine Flut von Gefühlen überwältigt mich. Widerstreitende Gefühle.

Ich bin ihm dankbar, dass er mich gefunden hat. Ich weiß, wie schlimm das für ihn gewesen sein muss, als er mich überall gesucht hat und vor Angst um mich fast durchgedreht ist ... Ich bin froh, dass meine Eltern mich immer noch lieben, obwohl sie sich so von mir hintergangen fühlen.

Aber ich bin auch wütend. Immer noch. Dieselbe Wut, die mich gestern dazu gebracht hat, aus dem Fenster zu klettern. Wütend, dass mir keiner zuhört.

»Nein, warte, *Baba*. Lass mich sprechen. Hör mir bitte zu, nur ein einziges Mal!«

Er nickt. Und wartet.

»Ich weiß nicht, was Semra *Teyze* erzählt hat und was *Teyze* dir und *Anne* erzählt hat, und es ist mir auch egal. Ich hab jedenfalls nichts Schlechtes mit Alex gemacht.« Ich überschlage mich fast vor Aufregung und die Worte purzeln nur so aus mir heraus. »Ich weiß, dass ich keinen Freund haben darf, *Baba*, aber Alex war nie mein Freund. Ich habe euch in dieser Hinsicht nicht hintergangen, aber ich müsste lügen, wenn ich behaupten würde, dass ich nie Gefühle für ihn hatte. Ich ... Aber das ist eine andere Geschichte. Weißt du, wie schwer es ist, wenn man solche Gefühle hat und trotzdem nichts macht? Weißt du, wie stark man dafür sein muss? Solange man sich nicht für Jungs interessiert, ist es keine Kunst, brav zu Hause zu bleiben und nichts zu machen. Das kann jeder. Hast du dich nie in ein anderes Mädchen verliebt, bevor du *Anne* begegnet bist?«

Baba nickt die ganze Zeit mit dem Kopf, während ich rede. Hört er mir wirklich zu oder tut er nur so? Ich kann es nicht sagen.

Als ich zu Ende geredet habe, beugt er sich vor, die Ellbogen auf seine Schenkel gestützt und die Hände vor dem Gesicht. »Vielleicht sind wir Älteren manchmal zu sehr von unseren eigenen Wahrheiten erfüllt. Vielleicht haben wir vergessen, dass wir nicht alles wissen und dass man auch von den Jungen lernen kann. Ich glaube dir, dass du nichts mit diesem Jungen gemacht hast, Zeyneb – wie heißt er noch? Alex? Ich war bei ihm zu Hause, als ich dich gesucht habe, und ich glaube, er ist kein schlechter Junge.«

»Nein, *Baba*!«, stoße ich entsetzt hervor. »Das kann nicht dein Ernst sein. Das hast du nicht gemacht!« Mein Dad war bei Alex zu Hause ... Jetzt will ich wirklich nur noch sterben.

»Ich dachte, dass du vielleicht bei ihm bist. Ich habe herumtelefoniert und nach seiner Adresse gefragt. Du bist meine

Tochter, Zeyneb. Du warst verschwunden. Ich musste dich doch suchen. Und natürlich musste ich auch zu diesem Jungen gehen.«

»Aber, *Baba*, glaubst du wirklich, ich würde ...«

»Er hatte Angst um dich, dieser Junge, und seine Eltern auch. Und obwohl ich natürlich enttäuscht war, dass sie nichts von dir wussten, war ich froh, dass ich dich nicht dort gefunden habe.«

»Wie kannst du so wenig Vertrauen zu mir haben? Ihr habt mich gut erzogen, ich habe gelernt, die Familie und meine Kultur zu achten, wie kannst du da ...«

Baba streckt die Hand aus, um die weiße Decke über mir zu berühren. »Ich habe an mir als Vater gezweifelt. Ich war mir nicht sicher, ob ich dich gut geführt habe. Ich hatte Angst, dass du auf den falschen Weg geraten sein könntest ...«

»Du hättest mich nur fragen müssen, *Baba*, dann hätte ich es dir gesagt.«

»Ja, und das war mein Fehler. Dass ich nicht mit dir geredet habe. Aber ich habe mit dem Jungen gesprochen und er hat mir erzählt, was du ihm gesagt hast: dass du eine gute Muslimin sein willst, dass dir das wichtiger ist als deine Gefühle für ihn. Und wie sehr du Pflanzen liebst und dass du das an der Universität studieren willst ... Zum Glück hat er mich daran erinnert, denn dadurch bin ich auf die Idee gekommen, im Garten nach dir zu suchen. Ich schäme mich, dass ich mir das alles von diesem Jungen sagen lassen musste, den ich doch gar nicht kenne – nur weil ich dir nicht zugehört habe.«

»Hast du *Babaanne* früher immer alles erzählt?«

Baba nickt. »*Babaanne* war in diesen Dingen weniger streng als ich. Sie wusste immer, dass man manchmal auch auf die Jungen hören muss – sonst bleiben wir in unseren alten Ansichten stecken. Das heißt nicht, dass die alten Sitten und Bräuche immer schlecht sein müssen, und wir können auch nicht alles auf einmal ändern, sondern nur Schritt für Schritt. Aber das wird nicht unsere Aufgabe sein, Zeyneb. Das müsst ihr machen – deine Generation und nicht meine. Menschen wie du, die andere Vorstellungen von der Welt haben. Ich bin in der Türkei aufgewachsen und ich denke und fühle wie ein türkischer Mann. Nein, *kizim*, junge Leute wie du, die immer hier gelebt haben, die beide Kulturen verstehen, müssen uns in die Zukunft führen und das ist … Für einen alten Mann wie mich ist es schwer, damit zurechtzukommen.«

Ich breche in Tränen aus. »Aber das will ich doch gar nicht, *Baba*. So hab ich das nie gemeint. Ich will nicht andere führen. Ich will nur, dass du Vertrauen zu mir hast. Dass du nicht denkst, du weißt alles, bevor du überhaupt mit mir geredet hast. Und …«

»Ah, aber du irrst dich, Zeyneb. Du hast das Zeug dazu, an der Spitze zu stehen, anderen ein Vorbild zu sein. Und das wirst du auch eines Tages. Du wirst an der Universität Botanik unterrichten und neue Pflanzenarten entdecken, die du nach mir, deinem irregeleiteten alten Vater, nennen kannst.«

»Es tut mir leid, *Baba*. Es tut mir so leid, dass ich weggelaufen bin und dir und *Anne* solche Sorgen gemacht habe.«

»Gut, dann tut es uns beiden leid. Aber du weißt doch, was ich dir immer gesagt habe? Es muss nichts Schlechtes sein, wenn man etwas zu bereuen hat.«

Ich lächle unter Tränen, weil ich weiß, was jetzt kommt. Ich habe es gehört, seit ich denken kann. *Baba* lächelt auch. Und wir sagen es zusammen: »Solange man daraus lernt.«

Dann beugt mein Vater sich zu mir vor und küsst mich auf die Wange. Ich spüre wieder, dass ich seine Tochter bin. Aber gleichzeitig bin ich auf Augenhöhe mit ihm. Und das ist ein gutes Gefühl.

Kapitel 23

»Zey-nee-heeb!«

Nur noch drei Seiten. Kann sie nicht warten, bis ich das Buch fertig gelesen habe?

»Zey-nee-heeb!«

Mum schafft es immer, mich im ungünstigsten Moment zu rufen. Das muss angeboren sein. Ein Naturtalent. Wenn es eine olympische Disziplin wäre, würde meine Mum jedes Jahr die Goldmedaille gewinnen.

Ich liege auf dem Bauch unter dem Hortensienbusch. Die Sonne, die durch die Ritzen in den Blättern dringt, brennt auf meine nackten Arme herunter. Vor mir kriechen zwei Marienkäfer, orange mit schwarzen Punkten, über ein Blatt. Ich beobachte sie seit einer Ewigkeit, schaue zu, wie sie Blattläuse fressen, statt »Stolz und Vorurteil« weiterzulesen. Obwohl ich am Montag einen Aufsatz darüber abliefern muss.

»Zey-nee-heeb!«

»Ich komme, *Anne*!«, brülle ich und krieche unter dem Busch hervor. Dann ziehe ich mich an meiner Krücke hoch und hüpfe zur Veranda hinüber.

Mein Gips ist mit den Namen meiner Klassenkameraden vollgekritzelt. Das war eigentlich *Babas* Vorschlag. An dem Abend, bevor ich wieder in die Schule musste, hat er mir einen schwarzen Marker in die Hand gedrückt. »Weißt du noch, wie Elif sich den Arm gebrochen hat und alle ihre Freundinnen sich auf dem Gips verewigt haben? Du warst damals noch ein kleines Mädchen und du hast sie schrecklich beneidet. Jetzt bist du an der Reihe. Wenn du willst, kannst du alle unterschreiben lassen.«

Ich grinse ihn an. »Und du, *Baba*? Willst du nicht als Erster unterschreiben?«

Mein *Baba* fummelt an der Kappe herum und lässt den Marker auf den Boden fallen. Ich habe ihn verlegen gemacht. Ich hebe den Stift auf und gebe ihn ihm. Sorgfältig schreibt er: Ismet.

»Frag auch den Jungen«, sagt er. »Wie heißt er noch?«

»Alex«, antworte ich schüchtern.

»Ja, Alex. Lass ihn auch unterschreiben. Lass alle deine Freunde unterschreiben.«

»Danke, *Baba*, das mach ich.«

Und jetzt hab ich's schwarz auf weiß: Alex, steht da in seiner selbstbewussten Handschrift. Direkt neben Celeste und Jamal und Nicole. Sogar Mr Rubens hat unterschrieben. Alle meine Freunde, wie *Baba* vorgeschlagen hat.

Mum steht nicht allein an der Hintertür.

»Wo warst du?«, fragt Kelly ungeduldig. »Ich versuche dich schon seit mindestens einer Stunde zu erreichen.«

Ich bleibe vor den beiden stehen und sofort schießt Mums Hand vor und sie zupft mir Gras vom T-Shirt und murmelt etwas vor sich hin. Ich stoße ihre Hand weg, aber sie macht einfach weiter.

»Hab versucht das Buch fertig zu lesen«, antworte ich und halte es zum Beweis hoch. »Hast du's schon gelesen?«

Kelly zuckt die Schultern. »Ich schau mir heute Abend den Film an. Ach ja, deshalb bin ich ja auch hier. Hast du Lust, mit ins Kino zu kommen? Meine Mum wartet draußen im Auto. Sie kann uns hinfahren.«

»Darf ich, *Anne*?«, frage ich meine Mum.

»Du wolltest mir doch beim Bügeln helfen.«

»Bitte, *Anne*! Ich bügle heute Abend, ich versprech es dir.«

»Aber, Zeyneb ...«, fängt sie an und ich weiß, dass ihr ein anderer Einwand eingefallen ist.

Ich lasse den Kopf sinken und starre auf meine Zehen, die aus meinem Gips hervorschauen. *Anne* lässt mich nicht gehen. Was habe ich auch erwartet? Aber dann spüre ich ihre Hand unter meinem Kinn. Sie hebt mein Gesicht hoch, bis ich ihr in die Augen schaue. »Also gut, dann geh«, sagt sie lächelnd. »Hast du schon was gegessen?«

Auf einem Stuhl im Esszimmer hängt die dünne Jacke, die ich immer trage, um meine Arme zu bedecken, wenn ich aus dem Haus gehe. Ich ziehe sie an und mache die Knöpfe zu.

»*Anne*?«, rufe ich. »Wo ist ...«

»In der Kommodenschublade«, ruft meine Mum aus der

Küche. »Ich habe es weggeräumt, Zeyneb. Obwohl du alt genug bist, um dich selber um deine Sachen zu kümmern.«

Ich verdrehe die Augen, nehme das schöne hellblaue Tuch aus der Schublade, stecke mir ein paar Haarnadeln in den Mund und hüpfe zum Spiegel hinüber. Dann schlinge ich das Kopftuch um meine neue Frisur, auf die moderne Art, so wie ich es mir im Internet abgeschaut habe. Ich musste mich erst dran gewöhnen, aber jetzt mag ich es. Ich glaube, so lasse ich es eine Weile. Ich stecke das Kopftuch mit den Haarnadeln fest und betrachte das Mädchen im Spiegel. Olivfarbene Haut, große braune Augen, hohe Wangenknochen, kein Haar unter den engen, modernen Falten sichtbar.

Seit drei Wochen schaut mich dieses Mädchen an, wenn ich mich im Spiegel checke. Ein Mädchen, das beschlossen hat, ein Kopftuch zu tragen, weil es jetzt, in diesem Moment, das Richtige für sie ist. Das bin ich. Ein gutes muslimisches Mädchen, das seinen Glauben zeigen will. Wer ich später sein werde, weiß niemand. Ich am allerwenigsten. Botanik-Professorin? Vielleicht. Eine gute Muslimin? Ja, das auf jeden Fall. Eine Kopftuch tragende Muslimin? Keine Ahnung. Kommt drauf an, ob ich unterwegs auf ein paar gefräßige Ziegen treffe, die mein schönes hellblaues Kopftuch verschlingen. Ich weiß nur eins: Ich werde damit klarkommen. Ich gehöre zur selben Gazellenart wie *Babaanne*, da bin ich mir sicher.

Immer wenn ich in den Spiegel schaue, wenn ich lange genug hinsehe, spüre ich, dass ich nicht allein bin. Hinter mir sehe ich viele andere Gesichter. Das sind keine Halluzinationen oder Fieberträume, wie ich sie in *Baba*s Schuppen hatte. Ich beschwöre diese Gesichter absichtlich herauf. Weil sie mich daran erinnern, dass ich nicht allein bin. Und weil mir diese Menschen helfen, ich selbst zu sein. Ich sehe Kelly. Und Elif. *Babaanne*. Und sogar Mr Rubens. Und natürlich *Baba* und *Anne*.

Auch Zehra sehe ich, die Frau von der Uni, und ich höre ihre Stimme: »Die Frage ist, ob du es in dir hast, halb in deiner eigenen Kultur zu leben und halb in der anderen, ohne aus den Augen zu verlieren, wer du bist.«

Ich nicke dem Mädchen im Spiegel zu. Ja, ich glaube schon. Es wird nicht leicht sein, klar, aber ich habe schon etwas sehr Schwieriges fertiggebracht und ich weiß, dass ich es schaffen werde.

Kelly steht in der Tür. »Jetzt mach schon, Zeyneb. Wir kommen sonst zu spät!« Sie lächelt mein Spiegelbild an.

»Ja, gleich«, sage ich und lächle im Spiegel zurück. »Dummi.«

Danksagungen

Vielen Dank an Sarah Scott für ihre unschätzbare Hilfe bei diesem Buch. Desgleichen geht mein Dank an die *Brussels Writer's Group* für all die Jahre, die sie mich unterstützt haben. Ich danke euch.

Buch zu Ende? Hier ist das nächste!

Leseprobe

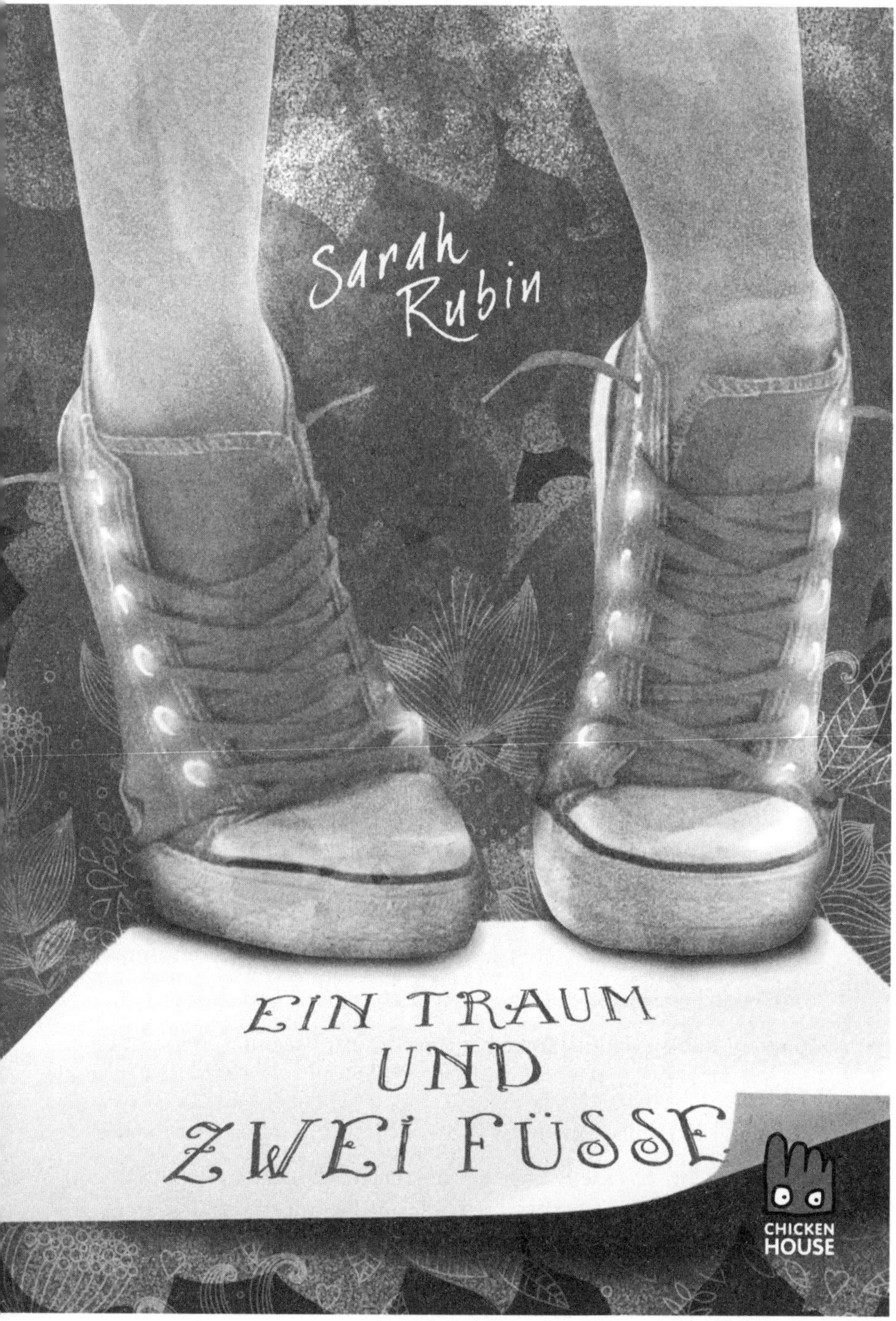
Sarah Rubin
EIN TRAUM UND ZWEI FÜSSE
CHICKEN HOUSE

~EINS~ *Kapitel*

Rat-a-tat-tat, meine Füße trommeln auf das Pflaster und meine Schritte klingen wie Musik. Ich tanze über den Bürgersteig, hopse von der Schule nach Hause, frei wie ein Vogel, und meine Füße fliegen. Die Leute gaffen mich an, dann sehen sie schnell weg, aber ich tanze weiter. Nicht für sie, sondern für mich ganz allein.

Mit kleinen weichen Schritten gleite ich dahin und wirble mit den Fußspitzen rote Staubwolken auf. Die Schultasche knallt mir gegen die Beine. Ich spüre Miss Protz und ihre Bande hinter mir, auf dem Weg zum Ballett in Vickys Ballettschule. Sie tragen Twinsets und Sattelschuhe, aber ich weiß, dass sie rosa Strumpfhosen und rosa Trikots und hübsche, rosa glänzende Ballettschuhe in ihren Beuteln haben, damit bloß kein roter South-Carolina-Staub drankommt.

»He, Plattfuß!«, ruft Miss Protz. »Hast du's schon mal mit Gehen versucht? Ich meine, wie ein normaler Mensch?«

Ich höre zu tanzen auf und drehe mich langsam auf dem linken

Absatz um. Miss Protz wohnt erst seit zwei Monaten in Warren, aber sie führt sich jetzt schon auf wie die Königin. Nur weil sie aus dem blöden alten Greenville kommt. Nur weil sie Ballettstunden nimmt, seit sie laufen kann. Es ist heiß und die Luft ist trocken. Der Bürgersteig flimmert und brutzelt in der Sonne. Wir hatten lange keinen Regen, und als ich mich umdrehe, knirscht das trockene Gras unter meinen Schuhen. Ich stelle mir vor, es wäre Miss Protz.

»Nein«, sage ich. »Du vielleicht?« Und ich freue mich, dass ihr die Röte ins Gesicht steigt wie ein Fleck roter South-Carolina-Staub auf ihrem sauberen weißen Pullunder.

»Du hast echt 'ne Macke.« Mehr fällt ihr nicht ein, und ich grinse, weil ich weiß, dass meine Macke sie ärgert. In meiner Macke liegt meine Kraft.

Ich setze den rechten Fuß ganz, ganz langsam neben dem linken auf. Dann beginne ich mich zu wiegen – hopse nach links, hopse nach rechts. Mein Eins-hops-zwei-hops-Regentanz.

Ich drehe und wiege mich auf dem Bürgersteig direkt vor Vickys Ballettschule. Und jeder kann es sehen, der in seinem nagelneuen Cadillac vorbeifährt. Ein paar ältere Highschool-Jungs kommen in einem verbeulten Ford-Pritschenwagen vorbei, die Haare nach hinten geklatscht und pomadeglänzend. Im Vorbeifahren pfeifen und johlen sie, aber es ist mir piepegal. Ich fliege, tanze frei unter dem klaren blauen Himmel. Ich springe hoch, als könnte mich nichts auf der Erde halten. Miss Protz starrt mich entgeistert an, und sie wird ganz rot, weil es ihr peinlich ist, mit mir gesehen zu werden.

Jetzt hab ich sie. Meine Arme fliegen in die Luft und ich jauchze laut. Und dann hab ich's vermasselt.

Meine Stimme hat den Zauber gebrochen und die anderen Mädchen fangen zu lachen an. Sie kreischen und gackern und weiden sich an meinem Patzer. Miss Protz zeigt mit ihrem knochigen Finger auf mich. Sie wiehert vor Lachen, prustet, bis sie zusammenklappt und hechelnd nach Luft schnappt.

Jetzt bin ich es, die rot wird. Heiße, schmachvolle Flammen lecken mir übers Gesicht. Ich versuche weiterzutanzen, als wär's mir egal. *Ist mir doch egal.* Wenn Miss Protz lacht, sieht sie aus wie ein hässlicher Affe, also wen kümmert's, über wen sie lacht?

Aber meine Füße verheddern sich. Mein linker Fuß bleibt am rechten hängen und ich lande auf dem Boden. Ein mickriger Haufen Arme und Ellbogen, Beine und aufgeschürfte Knie.

»Du hast wohl zwei linke Füße, Plattfuß!«, ruft Sally.

Und Beth kreischt: »Du meinst, zwei linke Plattfüße!«

Dann wiehern sie wieder los, auch wenn es gar nicht lustig ist. Es ist nicht mal clever. Irgendwann richtet Miss Protz sich auf und rückt sich pingelig den Ballett-Dutt zurecht.

»Und *du* willst tanzen können! Du bist die schlechteste Tänzerin, die ich je gesehen habe.« Sie schnaubt und streicht sich den Rock glatt. »Du weißt doch überhaupt nicht, wie es geht.«

Die anderen Mädchen schnauben auch. Schleimen sich bei der neuen Bienenkönigin ein. Und dann, ohne ein weiteres Wort, strecken sie die Nase in die Luft und gehen in Vickys Ballettschule hinein, lassen mich allein hier draußen im Dreck sitzen.

Ich will schreien und toben, aber ich kann nicht. Ich bin zu wütend, um zu sprechen. So wütend, dass ich Tränen in die Augen kriege. Ich beiße mir auf die Lippe, damit sie nicht rauskommen. *Die da* sollte hier draußen im Dreck sitzen, nicht ich.

Ich spüre die Blicke der Leute auf dem Bürgersteig und die der Leute in den vorbeifahrenden Autos auch. Ich weiß genau, was sie sehen.

Sie sehen meine dürren Hühnerbeine, die in die Luft staken, und meine mageren Arme mit den spitzen Knochen. Und sie sehen meine ausgelatschten, schmuddelweißen, zwei-Nummern-zu-großen Converse. Sie sagen sich: *Diese Casey Quinn ist ein komisches Kind. Kein Hauch von Anmut und auch sonst nicht hübsch anzusehen.*

Es stimmt, meine Nase ist zu breit und ich hab Sommersprossen vom Scheitel bis zu den Zappelzehen. Ich hab sogar Sommersprossen unter den Haaren. Und vielleicht stehen meine Ohren ab wie Becherhenkel, aber Anmut hab ich wohl. Ich hab mehr Anmut im kleinen Zeh, als euch überhaupt in die Birne geht. Ich hab mehr Anmut im linken kleinen Fingernagel als die Neue in der Klasse, Miss Protz Ann-Lee, und ihre ganze rosarote Gänseschar, wetten?

Ich hole tief Luft, rapple mich hoch und klopfe mir, so gut es geht, den Staub vom Rock. Aus Vickys Ballettschule hört man Klaviermusik. Ich sehe mich kurz um, dann bin ich auf der Wiese und schleiche mich zur Rückseite des Gebäudes.

Ich werfe die Schultasche neben dem kleinen Hartriegelbaum auf den Boden und klettere rauf. Mein Herz trällert mit der Musik.

Ich steige drei Äste hoch, bis ich durchs Fenster der Tanzschule sehen kann.

Jetzt haben sie alle ihre rosa Sachen an und stehen in einer Reihe an der Stange neben der Wand. Ich sehe zu, wie sie die Knie beugen und strecken, dann heben sie das Bein in die Luft, die Zehen zu perfekten Spitzen gekrümmt. Meine Knochen tun weh, solche Sehnsucht hab ich mitzutanzen. Aber ich bewege keinen Muskel. Ich sehe nur mit weit aufgerissenen Augen zu, was Miss Vicky macht, denn würde ich blinzeln, könnte ich was verpassen.

Ich gehe nicht zum Ballett. Wir haben kein Geld für Firlefanz und Miss Vicky gibt ihre Stunden nicht umsonst. Und selbst wenn sie mich mitmachen ließe, wo bekäme ich die Ballettschuhe her? Die abgelegten Latschen von Miss Protz vielleicht? Da esse ich lieber nie mehr Soße, als von der Kröte Almosen anzunehmen.

Ich habe keine Ballettstunden bei Miss Vicky, na und? Die habe ich auch nicht nötig. Ich mache nämlich jeden Morgen mein eigenes Training. Ich tanze die Sonne aus ihrem Bett, mit gestreckten Beinen und spitzen Zehen. Außerdem habe ich mir alle Ballettbücher ausgeliehen, die es in der Stadtbücherei von Warren gibt, so oft, dass sie praktisch mir gehören.

Und das ist 1959, nicht 1800. Wir haben Waschmaschinen und Servolenkung. Wir können ins Flugzeug steigen und um die ganze Welt fliegen, bis nach China, wo sie mit Stäbchen anstatt mit Gabeln essen. Es gibt sogar Raketen, die bis zum Mond fliegen. Alles ist möglich. Deswegen ist mein Ururgroßvater nach Amerika gekommen. Ist den ganzen Weg von Irland über den Atlantik gesegelt. Er hatte einen Traum, genau wie ich. Also ist er in das Land gekommen, wo man Träume wahr machen kann.

Mein Ururgroßvater kam nach Amerika, um reich zu werden. Und fast hätte er es auch geschafft. Er hatte seinen eigenen Laden in New York, aber dann hat er alles aufgegeben, um meine Ururgroßmutter zu heiraten. Ist nach Warren gezogen, um ihrem Vater auf dem Bauernhof zu helfen. Meine Omi findet das schrecklich romantisch, aber ich finde es einfach nur bescheuert von ihm. Wer geht schon freiwillig nach Warren? Vielleicht war es damals besser, als es noch Bauernhöfe gab und so, aber jetzt nicht mehr. Jetzt gibt's hier nur noch staubige Straßen, die nirgendwohin führen, und Leute, die nirgendwohin gehen. Wenn du in Warren geboren bist, ist dein Lebensweg festgeschrieben, felsenfest, als stünde es schwarz auf weiß geschrieben. Aber ich will mehr. Ich habe Ziele in meinem Leben – große Ziele.

Mein Traum ist, Tänzerin zu werden. Nicht irgendeine Tänzerin, sondern ein richtiger Star. Seit ich ein kleines Mädchen war, habe ich getanzt. Einmal, als ich klein war, hat Omi mich mit ins Ballett genommen. Wir haben *Aschenputtel* gesehen, und ich weiß heute noch, wie sich das rote Samtpolster an meinen Beinen angefühlt hat und wie sich das Publikum anhörte, das vor Vorfreude gebrummt hat. Und dann ging der Vorhang auf und alles war wie verzaubert. Die Ballerinas waren wie lebendig gewordene Musik, so anmutig und so stark. Meine Beine haben gezuckt und meine Zehen haben gezappelt, und ich wäre am liebsten nach vorne gerannt und hätte mitgetanzt. In diesem Augenblick habe ich gewusst, dass ich Ballerina werden muss. Ich bin zum Tanzen geboren, ich bin eine waschechte, lichtfeste Tänzerin. Und ich höre nie auf.

Ich tanze den Weg von der Schule nach Hause. Schnell und stramm an zornigen Tagen, wenn meine Füße wie böse Hunde ins Pflaster beißen. Lang und getragen, wenn ich traurig bin. Und kreuz und quer, wenn ich gute Laune habe. Meine Füße werden Trommeln, die *tap-tap-tap* auf das Pflaster prasseln. Trommelnde Sohlen mit trommelnder Seele, und keiner kann mir sagen, dass ich leiser sein soll.

Ich brauche zwar keine Musik zum Tanzen, aber wenn ich Musik höre, sind meine Füße wie Feuer – nicht weil sie brennen, sondern weil sie selbst die flackernden Flammen sind. Meine Turnschuhe lodern in den Boden hinein und in den Himmel hinauf, wenn ich Musik höre.

Sarah Rubin
Ein Traum und zwei Füße
288 Seiten

www.chickenhouse.de

CHICKEN
HOUSE

Ein *Chicken House*-Buch im Carlsen Verlag
© der deutschen Erstausgabe by CARLSEN Verlag GmbH, Hamburg 2015
© der englischen Originalausgabe by The Chicken House,
2 Palmer Street, Frome, Somerset, BA11 1DS, 2014
Text © Colette Victor, 2014
The author has asserted her moral rights. All rights reserved.
Originaltitel: Head over Heart
Aus dem Englischen von Ilse Rothfuss
Lektorat: Regine Teufel
Umschlaggestaltung: Henry's Lodge, Vivien Heinz
Umschlagbild: Shutterstock/Yeko Photo Studio
Layout und Herstellung: Tobias Hametner
Satz: Dörlemann Satz, Lemförde
Lithografie: Margit Dittes Media, Hamburg
Gesetzt aus der Syndor ITC Book
Druck und Bindung: GGP Media GmbH, Pößneck
ISBN 978-3-551-52075-3
Printed in Germany

www.chickenhouse.de